キャンパスの追憶

Kazehaya Satoru
風早 悟

学文社

もくじ

キャンパスの追憶

1　ろばのパン屋

伝三が残した悪ふざけの一つといえば、昭和二二年正月、京都市中京区の産院で生まれたばかりの息子賢一にやったことだ。「こんな長い顔はおかしい」と、まだ柔らかい頭と顎を両手で押さえつけ、顎を思い切り曲げたのだ。貞に似ていることをきらったのだろうか。貞の「やめて」という叫びにも耳を貸さずに、粘土細工でもするかのようにやった。「だから、お前の顎は前にしゃくれているだろう」とうすら笑いをうかべながら、よく話したものだ。〝父は何故あんなことをしたのだろう〟と賢一は思う。だが、これが伝三と賢一の最初の出会いだった。

伝三は役場へ提出すべき、賢一の出生届けをぎりぎりの六ヵ月後に出した。それでも、賢一はすくすく育った。立って歩くよりも話すほうが早かった。

昭和三二年頃は戦後の混乱も一段落していた。みんなが貧しかったが、牧歌的時代だった。テレビもない、電話もお金持ちの家にしかなく、まだまだ普及していなかった。二〇軒に一軒もあっただろうか。公衆電話もほとんどなかった。貧しい家の人がどうしても電話をかけねばならない時は電話のある家へ行って、遠慮がちにかけさせてもらうしかなかった。
戦中・戦後の歌が混在して歌われていた時代でもあった。歌の好きな賢一はよく〝私のラバさん酋長のむすめ〟と口ずさんでいた。大人たちが「おおっ」と注目してくれるので、得意になっていた。その歌の〝ラバさん〟は〝ロバ〟のことだと賢一は信じていて、これが恋人のことだなどとはまだわからなかった。そういえば、この歌を歌う時の大人たちの顔にはおかしげな笑いがあった。

小ぎれいな衣装を着て、頭にはしごを乗せて売る大原女《おはらめ》は京都市の右京区あたりにも来ていた。道を行き交う人たちの様子は現在とはずいぶん異なっていた。鍋の鋳掛屋、売薬屋、たくさんの衣服を風呂敷に包み背中におぶって運ぶ人……。美しい衣装の人は少なく、男の子の中には裸足の子もいたし、女の子の多くはもんぺのようなズボンを穿いていた。京福電鉄の御室駅の近くには仁和寺や妙心寺、それに並ヶ丘があったが、子供たちにとってはどこも絶好の遊び場だった。

御室小学校の入学式の写真が残っている。保護者はほとんど母親が出席していた。賢一の母の貞は大阪に住んでいて、顔を出さなかった。モノクロ写真のせいか、貧しい社会を反映してか、大人も子供も表情は暗かった。賢一にとっての楽しみは年に三回母が訪ねてくることだった。それは恐れを伴うものだった。母の貞は賢一を預かっている室町の実家を訪れる時にはしっかりした足取りで、窪みや水たまりを避けながらアスファルトの道にハイヒールの音を響かせてやってきた。貞はたくさんの食べ物とお金を持ってきた。なにしろ大阪市内の三つの食品会社の管理薬剤師を兼務していたから、稼ぎはよかった。しかし、好き嫌いや正しいか間違いかなど、スパッと物を言うから、子供心には不安もあった。貞は俵伝三の三度目の嫁で、賢一が生まれることを好まなかった伝三が貞の実家にこの子を預けさせたのだ。

産院を出たその日から母乳を飲まないで育ったためか、そして母親が一五〇センチほどの身長だったためか、賢一は背の低い身体に抵抗力のない虚弱児で、肺炎をたびたび繰り返していた。だから、彼の両足の太ももには大きな注射針を何度も刺した跡が今もへこんだまま無数に残っている。幼児期には氷枕と湯たんぽが欠かせなかった。肺炎で高熱が続き脈拍が激しくなるたびに、司津は妹の貞へ電報を打った。〝ケンイチコウネツ、スグコイ〟の電報程度では、貞は大阪の千里丘から二時間かけてやってくることはなかった。〝ケンイチキトク〟の時にはやっと厳しい表情でやってきた。そのときにはいつも、

「姉さん、賢一が肺炎なんかにならないようにしてよ。お金は毎月送ってるでしょう」とヒステリックに言った。姉の司津はうなずくばかりだった。しかし、その後は広島弁の飛び交う姉妹の喧嘩のようにもなるので、賢一は隣の部屋へ移って聞き耳を立てた。

「自分の子なんじゃけぇ、引き取ったら」司津の声が小さく聞こえる。

「あんたも金が要るんじゃし、このままでやってよ。」伯母と母の会話は賢一には不安なものだった。〝自分はどこへも引き取ってもらえない、厄介者なのだろうか〟と。貞は二軒の家の家計を支えるため、仕事が忙しかった。人の何倍も働いて所得を得る自信や楽しみがそうさせたのだろう。普通の会社員の三倍の所得を上げて、それを室町の実家への仕送り、夫の伝三とその連れ子の与謝との生活費、貯金と三つに分けていた。本当は、時々貞が洩らしたように、どうも〝子供なんか育ててちゃ、やりたい仕事は出来んわ〟というのが本音だったのかもしれない。

この室町の家には司津と再婚した養子である夫の三義、それに司津の母の文、父の晴次がいた。四人とも室町姓だった。この年寄り四人に囲まれた暮らしが賢一の日常だった。

室町の家と俵の家には二人の縁組が決まる前から付き合いがあった。賢一の祖父の室町晴次は香川県観音寺のこれまた没落旧家の三男で室町文の養子になっていた。伝三が所有する京都市上京区の長屋の管理を任されていた。主に家賃の取り立てをしていた。晴次は司津と三義が新聞紙に五個ずつくるんだ鶏卵を風呂敷に入れて京都市内で売りさばいていた。人付き合いがよかったのだろう、晴次の手元には軍事統制下でもいくらかの珍しいものが手に入った。

「千里丘の伝三さんのところへこの焼酎や冬物の下着を持っていってくる」と、おとなしい晴次は時々伝三を尋ねた。

伝三は「室町さん、今時これはめったに手にはいらない代物ですな」と喜んで、終戦間近の大阪は千里丘の家ですき焼きをして盛り上がったという。

司津は器用な手先を使って、与謝の服を作ってやっていた。明日は小学校の運動会という前の日、与謝のブルマーやズボンをもって晴次は国鉄の終電車で届けた。与謝は喜んだし「司津の伯母さんが私の本当のお母さんやろうか」とよく言っていた。伝三も「貞よりも姉さん（司津）と結婚した方がよかった」などと言って貞を怒らせていた。それでも、賢一が小さい間は平穏だったようだ。

俵家の母家がまだ羽振りの良かった昭和二六年の秋、俵が持つ八瀬大原の山へ一族が集まり、松茸狩に行くことになった。室町三義は賢一を連れて行った。行きの市バスでは運転手さんの後ろに座った。六歳の賢一は運転席の横に置いてある、運転手の大きなお弁当箱が興味津々だった。やがて、取った沢山の松茸ですき焼きをすることになった。その時、俵の親戚の人は三義と賢一だけをはずして挨拶を交わした。三義の顔はこわばった。子供心にもすぐにわかる京都のいけずだった。賢一の母が三度目の妻で、口には出さないが〝無視してやったらええやんか〟ということなんだな〝来ない方が良かったんだな〟と三義と賢一は感じた。暗い気持ちで二人は帰路についた。

室町の実家は全くの没落旧家で、広島県の比婆郡小奴可村（今の庄原市東城）の大きな屋敷を売り払い、広島市内の水主町（かこまち）、京都市の上京区、さらに右京区花園と引っ越すたびにより小さい家へ移り、衰退の道をたどっていた。花園の大藪町の家は一戸建ての借家だった。それでも八〇坪ほどの敷地に庭木や植木棚があった。賢一は叱られるたびに、庭や物置、縁の下に隠れることが出来た。手入れの行き届かない荒れがちな庭だった。その二階は大学生に又貸ししていた。また住宅地の中なのにわずかな養鶏もし、大阪のホテルの厨房で働く室町三義の薄給も寄せ集めて生計を立てていた。この一家は大半の家財や骨董品を売り払いながら、引っ越しを繰り返していたが、床の間や飾り棚に置かれている物にはこの家の暮らしには不釣合いなものも残っていた。「これは一番大切な物よ」と司津が平たい年季の入った木箱から取り出したのは広島の室町家の定紋を刺繍で入れてある赤い軍旗だった。一メートル四方の大きさだったが、五〇〇年以上の歳月を経たこの戦旗の布はあちこちほころびてはいたが、「葬式の時には毎回出したそうじゃ」というものだった。数百年の間に金箔が黒ずんだ薬師如来の仏像や庄屋箪笥、支那竹の衝立、江戸時代の和綴じの本などがあった。そのほとんどは江戸時代の古文書がまとめていくつかの大きな箱に残されていた。こうしたものが残っている室町の借家の中の全てが、賢一には慣れ親しんだ空気だった。室町の表札が掛かった家に俵賢一が住んでいた。

司津の先々代までは割庄屋（大地主）で、司津の母の文は東京の跡見学園女学校へ通っていたという。この明治の末頃にはまだ電気が全国に通っていなかった。ところが司津が生まれた時にはすでに先代の酒毒（アルコール中毒）と賭博ですべての財産を失っていたわけだ。司津は「人間、働らかにゃいけん」という言葉モットーにしていた。司津は手先が器用で、縫い物や洗い張り、腹を破られた鶏の手術までやってのけた。化粧する金も暇もなく顔と手は養鶏で日に焼けていたが、腕などは真っ白だった。当時は鶏の卵も貴重品だった。『実業の日本』という月刊誌には養鶏を進める記事がいつも載っていた。日本の戦後復興には栄養が根本だ、栄養を簡単に取るには鶏卵だ、木製の養鶏ゲージならそう難しくない。これが当時のこの雑誌の主張だった。三義は得意の大工仕事の腕を生かして、六割《むつわ》りの木を買ってきては三段ある鶏小屋を作り上げていった。ほとんどのことを手作りする夫婦だった。労働という言葉にはきつい仕事という響きがあるが、まさに三義と司津は労働の毎日を送っていった。その頃、室町の家は五年間も家賃が滞り、家主がよく督促に来ていた。「戦前と違って、借家人は追い出せない」というのが三義の口癖だった。とにかく貧乏だった。

そういえば、薄暗くなった冬の夕方に、風呂を焚く松の枯れ枝を集め、焚き口で夕食の魚を焼いている伯母司津に（既に都市ガスも通っている京都市のこの家なのに）「どうして、そんなところで焼いてるの？」と聞くと「うちは金がないんじゃけぇ」と広島の山奥（東城）の言葉で答えていたのを覚えている。きっとその日は何か辛いことがあったのだろう、伯母の憔悴した顔に涙が一筋垂れているのに気づいた。「何が室町じゃ」家が没落したことへの恨みのようなひとり言もよく口にした。それ以上声をかけにくくて、賢一は黙ってその場に立ったままだった。

子供仲間での序列や評価は小学校へ入学する頃にははっきりしていた。運動の出来る子、背の高い子、勉強の出来る子、金持ちの子……等等。当時、扇風機のある家は「豪勢や」「お前のところの給料はどのぐらいや」と親指と人差し指で厚さを示されるようなこともあった。他方で、他の県から入ってくる子や出ていく子もいた。和歌山から来た中野君は三ヵ月ほどで福岡へ向かった。親戚を頼って一家で移り、両親は炭鉱で働くという。転校はその子供にとって辛いものだ。新川君の家はお母さんが掃除婦をしている大きな寺に間借りしている。六人兄弟姉妹の子沢山で、門番小屋のような六畳一間での暮らしだった。彼のお父さんを見かけたことはなかった。

熊口先生という隣の教室の担任の長女が小学二年生の春に教室で鮮血を吐いた。元気な男の子三人が抱えて保健室へ運んだ。が、三週間で亡くなった。肺結核だった。皆でお葬式に出た。熊口先生の丸い背中がゆれていた。やがては、賢一にも転校の時がくることになるとは思いもよらないことだった。幼い者の上にもさまざまな別れがあった。

こんないろいろなことがあっても子供たちは順応性が高い。友だちで集まっては次の遊びに心を奪われていった。小学生の友だち仲間で人気があるのは運動に強い子、身体の大きい子、メンコ（ベッタン）や鬼やんま取りの名人、算数ではいつも九〇点以上を取る友だち、あまり目立つことのない賢一は絵画や作文がクラスで時たま誉められる程度だった。何も得意や誇れるものがないと仲間から軽視されるというのは今も昔も変わらない。大人も子供も変わらないルールだった。

賢一が八歳の夏だった。神武景気で沸く昭和三〇年頃には円筒型の洗濯機をもつ家もでてきたし、ラジオ屋（電気店のこと）の前では、たくさんの人が汗臭い体を寄せては白黒画面のテレビを観ていた。その頃、下宿している洛都工芸繊維大学の学生の中野正一さんがキャンパスへ連れていってくれた。大学を見るのは初めてだった。中野さんは群馬県高崎市の生家から来て下宿していた。当時のキャンパスは北側の一条通からも、南側の妙心寺通からも入ることが出来た。キャンパスの中は静かだった。繊維産業は当時の重要産業だから、この大学には各地からの学生が学んでいた。中野さんは蚕を使った実験をしている建物へ連れて行ってくれた。さらに、繭から糸を作る工程の作業室に向かった。独特の臭いがした。さらに、助手の人たちが暮らす、平屋のアパートへ入った。中野さんの先輩らしいその助手の人は富山の出身だった。木造の大きな学生寮は二人か三人部屋。みんな畳の上に布団を敷いて、机・椅子と小さい本箱をもっていた。娯楽もほとんどない時代だった。鱒鮨の入った丸い包みを開きながら「わしはバリバリ物を開くことしか知らん」などと言って振舞ってくれた。賢一には荒々しい感じの男の人だがやさしそうに思えた。みんな実験に忙しそうで、繊維の勉強に打ち込んでいた。

「賢ちゃん、この実験室には蚕がたくさんいるから」と見せてくれた。蚕も大きさが違うものから、白だけでなく黄がかったものや黒い線の入ったものまでさまざまだった。

「病気になってしまって、役に立たない蚕もいる」これがそうだよと示され、集められた蚕を見ると、捨てられる前のかなり弱った蚕が集められていた。蚕の社会も子供社会と同じだった。病弱だし、捨てられそうになっている自分を感じた。賢一は元気そうな蚕をもらってきた。

「賢ちゃん、蚕を飼ってみるかい。とにかくおもしろい物がいろいろできるんだぞ」と言って説明してくれた。団扇を水につけて紙を剥ぎ取って、そこへ蚕を這わすと真っ白の絹の団扇が出来るというのだ。二〇匹もの元気な蚕をもらって、賢一は家に帰って試してみた。少し、眼を離すと蚕は団扇から離れてしまう。一〇日ほどかかって、三枚の団扇が完成した。夏休みの宿題にちょうどいい。四人の家族は本物の絹で出来た純白の団扇を褒めてくれた。

「一つはお母さんに送ってあげたら」という司津の勧めで、賢一は母の貞へ送った。

やがて、貞からの返事が来た。賢一の送った手紙が入っていた。出した手紙の間違った字が直して同封してあった。

「賢一、うちわはよく出来ていました。字を直しておきました。中という字の真ん中の線が傾いてはだめ、ちょうど半分ということだから。それと〝かいこ〟が〝かいご〟になっています。練習したらきれいな字になります。伯母ちゃんに教えてもらいなさい」と。〝何か先生みたいな〟と賢一は思った。半年前に貞と撮った写真が同封されていた。小学校時代の賢一の写真はどれも笑っているものは一枚もなかった。暗い物静かな顔ばかりだった。本当の両親と夕餉を囲む家庭の温かさは知らなかったからかもしれない。

のどかな時代だった。妙心寺では東映の時代劇の撮影がよく行われていた。片岡千恵蔵も市川右太衛門、大友柳太朗、月形龍之介や千原しのぶも近くで見ることができたし、多くの映画スターが御室小学校の校区に大きな家を構えて住んでいた。ベビーブームを反映して、一五〇〇人を超える子供たちが通うマンモス校で、当時日本一という大きな給食室があった。夏には小学校の校舎の白い壁をスクリーンにして、映画が上映された。無料だった。学校では時々映写が行われた。幻灯と呼ばれていた。放課後は紙芝居屋が地蔵さんの祠の前に来ていた。いずれも、素朴な時代の数少ない楽しみだった。

「賢ちゃん、ドクダミを取ってきてくれんか」白い腕が真っ赤にはれた様子を見て賢一は尋ねた。

「なんでこんなになったん？」司津はよく蕁麻疹になった。

「夕べの鯖よ。京都の魚は古いけぇ」室町の家族が京都へ移ってくる前にいた広島市内の魚は活きがよかったという。それでも、文も司津も魚を食べる習慣が続いていた。

賢一は近くの妙心寺の境内にある、ドクダミが密生している所を知っていた（今は花園会館になっている低い石垣のあたりだ）。このドクダミの葉っぱを鉄瓶で煎じた汁は蕁麻疹に効く。

もう一人、洛都大学法学部の学生が別の離れの間に下宿していた。戸村潤一という津軽半島出身の人で、地味だがいつもきちっとしていた。部屋にはドイツ語等の外国の文献が机の横に積まれていた。大量の本を読み込んでいる様子だった。ある時賢一は戸村さんの部屋へそっと入って、机の上のノートを開いてみた。びっしりと整った字で書き込まれた何冊ものノートが印象的だった。大学での勉強とはこういうものかと思った。左翼運動もしていたのだろう、ガリ版刷りのビラも部屋にあった。司津は「頭はいいんじゃろうがアカじゃな」と言っていた。戸村さんが勉強の合間に見せる表情は勉強家とは違ったやさしい顔だった。何でも戸村さんは三人兄弟妹の真ん中で、実家は家族五人が六畳と三畳の間で暮らす青森県の貧しい農家ということだった。

「たまたま僕は勉強をさせてもらえたから、大学に来れたんだ。〝家族のことは心配せずに勉強してこい〟と言って送り出してくれたしね。家には頼れませんから、アルバイトで必死ですよ。」

賢一はこの人と言葉を交わすことは少なかったが、ずっと記憶に残る、何かわからないが尊敬できる人だった。

両親と暮らさなかったことは子供を静かに（悪く言えば）暗くさせるところがある。司津は最初の結婚で南朝鮮のソウルに渡っていた。まさしく当時の言葉で〝細君《さいくん》〟と呼ぶのが相応しい色白の細っそりした美人だった。しかし、夫の不倫で離婚後再婚していた。司津はその元の夫のことは口に出さなかった。男たちが女に無茶をしていることは小学四年ごろの賢一にも感じられたことだった。

賢一の祖母の文は全くのお嬢様であり、そして労働とは縁のない時間を過ごしていた。いつも朝になると着物を着て、簡単な帯を締めていた。そして、花や木の名を良く知っていた。それが、昔の少し暮らしに余裕のある人間の教養だったのだろう。

「私の祖父は冬の氷をむしろに包んで山の中の穴に入れて、夏になると酒に氷を浮かせて飲んでいた。そりゃ、贅沢なものじゃ」「屋敷の部屋は一三はあり、安芸の大名浅野家が江戸への行き返りに宿所として使っておった。この茶碗を置く貴人台はその折のものじゃ。天目形の新しい茶碗を乗せる台で茶碗の蓋もある。国持ち大名のような浅野ともなれば一人一碗のこうしたもてなしがあったのじゃろう」と昔の様子をよく語ってくれた。

午後の三時になると、司津と茶菓子とお茶を前に話していた。「日本は馬鹿な戦争をしたのじゃ。負けたのじゃ」とよく言った。家の没落と敗戦が重なっていたのだ。どこの家にも残っていた、昭和天皇と皇后の写真額はこの家にはなかった。文は自分が子供の時に教わったように、〝読書百遍自ずから通ず〟と言っては賢一に教科書を素読させた。文は子供時代の豊かな性格の慣わしがどうしても抜けなかったようだ。近くの住吉神社の子供神輿が出たときだ。賢一も担いでいたのを見つけたのだろう。文は両手で大きな拍手をした。司津は「お母さん、そんなことをしちゃ皆が菓子でもくれるのかと思ってこっちへ寄って来るじゃないね」と文をたしなめた。菓子や小銭を皆に分け与える習慣をたしなめたのだった。〝貧乏しているのに、そんなことが出来るわけがないのがわからないのか〟ということだろう。

文と三義が四〇年ぶりに広島の東城へ墓参に行った時のことだ。一五〇坪の墓地は身の丈を越えるほどに草ぼうぼうでいつの間にか木まで生え、元の屋敷は荒れた様子で別人が住んでいた。文は懐かしさと悲しさ、それと先祖への申し訳なさの気持ちでほぞをかむ思いだっただろう。

賢一の友だちはといえば、広島の原爆で顔の焼け爛れた両親をもつ若野透君や在日朝鮮人の金光成哲君だった。彼らとの勉強会は座敷に正座して、文が先生になってするもので、楽しかった。他にはやたら世界の偉人や苦労人を紹介した本のこと。エジソンや新島襄・室生犀生のことを話してくれた。みんな苦労を跳ね返して生きてきた人の話を聞かせた。この頃に身につけたことは何時までも忘れられないことだった。この達観したような祖母文の発想はその頃の戦後（民主主義）の教師たちの気持ちとも合うものだった。賢一の担任が家庭訪問で来た時など、文と教師の会話は弾んだ。

〝子供には何の罪も無い〟というのは本当だった。差別のような意識がない文の態度は賢一の心を広げてくれた。大地主の娘として育った文は敗戦によって世の中の価値観が急変した時代に、打ちひしがれたり、復古主義に走ったりせず、過激にもならず、変化を吸収していた。

在日朝鮮人のクラスメートや日本人を五人ほど集めて、文は勉強会をはじめた。授業料などはなし。勉強が終わると茶菓子を出すほどだった。皆勉強熱心なので、気合の入った集まりになった。

小学四年生になった四月の末、金光成哲君の親が文と賢一を御室仁和寺の花見に誘った。たくさんの朝鮮人が鐘を鳴らして踊っていた。ニンニクの香るキムチや肉に箸をつけて、文は「これは美味しゅうございます」などと言って食べるから、周りの人たちとは一瞬で打ち解けた。賢一の顔がほころんだのはこの時ぐらいだった。

なつかしい想い出は日曜ごとに鶏のための草刈を伯父の三義としたこと。京都の花園から、リヤカーをつけた運搬車で老の坂峠の方や川辺に向かった。娯楽も少ない頃、三義と草刈が終わって桂川でドジョウをたくさんすくったこと、野いちごや柿を取ったこと……。三義は小柄だが手先の器用な人で、かんなをかけたり、ラジオを修理したりと、何をしても職人はだしだった。大工道具・左官道具・電気関係の道具・水道の修理道具・植木の手入れの道具と、とにかく家には道具がたくさんあった。白黒テレビや洗濯機を持つ家庭がちらほらあったが、三義は徹底して手作りと修理で凌いでいた。木製のバタリー式の養鶏小屋も独りで作り上げた。下戸ですごい甘党だった。虫歯を三本抜いた直後でも牡丹餅を五個平らげる人だった。五〇年経った今も賢一はその道具を使ったり、眺めたりする。賢一は三義がする作業の真似をしたかったし、三義の方は子供を自殺で失った後に養子としての二度目の結婚で出会った賢一を可愛がった。本当の父と話したことのない賢一は三義からいろいろなことを学んだ。

小学二年の担任は稲垣久先生だった。

「賢一君、鶏は何羽いるの?」

「五〇羽ぐらいです」

「たくさんだね。いつも卵や肉がたべられていいな」

「鶏が自分の生んだ卵をこづいて穴のあいたものや薄皮だけの売れないのをたべます。肉は死んだ鶏の肉です」

「一度、鶏の飼い方を教えてほしいと伯父さんに言っておいてくれや。」こんな担任との会話は賢一にとって、特別うれしいものだった。家に帰って、司津と三義に話すと、早速、三義は得意の大工仕事で鳥小屋と鶏二羽を自転車に積んで、稲垣先生の家へ向かってくれた。

賢一が小学四年生のクリスマスの日のことだ。テレビはまだなかったし、ラジオと映画が娯楽の昭和二九年ごろだった。やがてお金のある家には、ラジオからテレビ、洗濯機が置かれ始めていた。普段から「ラジオがほしい」とわがままを言う賢一の前で、三義が見慣れない汚れたラジオを修理していた。

「伯父ちゃん、そのラジオはどうしたの？」

「拾ってきたんだよ。この新しい真空管のおかげで音が出るぞ。おもしろいよ」

〝無理をして、真空管を買ってきたのに違いない〟と賢一は思った。話すとすぐ自分で肯くのが三義の癖だった。その様子を見て、賢一も同じように肯くことで返事をする癖ができていた。人から見れば、五〇歳の大人と小学生の父子でもない二人の様子はおかしげなものだったかもしれない。

「それで煙突の先にアンテナを、水道管にアース線をくくりつければいい音が出てくるぞ」

三義は親子にしては年の離れた賢一にラジオの漫才を聞かせてくれた。初めて聞いたのはエンタツとアチャコのものだった。エンタツのとぼけとアチャコの早口がおかしかった。伴淳三郎の「あじゃパー」という言葉もブームを呼び子供たちもよく使っていた。

夕方の五時から六時の間は上田みゆきの〝ぽっぽちゃん〟や〝怪人二十面相〟〝ジャンバルジャン物語〟と子供番組が続いた。冬の間、風邪で寝込んだ時でも、ラジオは最高の楽しみだった。

子供のいない司津は賢一のことを誰にでも「妹の子です」と紹介した。自分の子はいないが、事実上子供はいますのでと言いたかったようだ。

金に困っているのにおかしな家だった。賢一には『小学生新聞』を取ってやっていたし、バイオリンを習わせた。半年ほどで賢一は「ガボット」までは弾けた。賢一の母、貞が手紙に現金をくるんで仕送りをしているようだった。

賢一が一〇歳の年だった。

「貞ちゃんの肋骨にヒビがはいったそうな。伝三さんもひでぇことをしてじゃ」司津は曇った顔つきで、貞からの手紙を開いて読んだ。どうも、大阪の俵の家で何かあったらしい。筆まめな貞は何度も手紙をよこしたので、しだいに事情がわかった。俵の家の仏壇にある過去帳が事の発端で、伝三の最初の妻菊の命日のところだけが以前から開けたままで茶色くなっているのを貞がたしなめたらしい。三度目の結婚をしているのに、何時までもその過去帳のその部分を開いて毎日出勤前に拝んでいるのが貞には気に入らなかったのだろう。過去帳のそのページだけが黄色くなっていた。伝三は自分の責任（それがどういう責任かを賢一が知るのはずっと後である）で菊を死なせたことが深い悔やみだったのだろう。だから、毎日拝んだ。司津は賢一にこう説明をした。

「賢一を大阪へ連れて行くか」という文に司津は答えた。

「争いはじめたらとことんやる家じゃけぇねえ。もちっと、ほとぼりがさめにゃ。そんな所へこの子はつれてはいけん。何をされるかわからんけえ。賢ちゃん、母ちゃんの胸はヒビが入っただけじゃから……」と。

幼心に賢一の胸は騒いだが、司津に従うほかはなかった。あの気の強い母が殴られた。小柄だからだろうか、逆らったからだろうか、何か得体の知れない不安を感じた。俵賢一の保護者が室町三義だという（姓の違う）不自然は子供仲間でも、小学校の先生の間でも知られていた。五〇人定員の教室にはさまざまな子がいた。戦後七・八年経ったこの時代は親が原爆の被害にあった子、家族とともに中国や朝鮮から引き上げてきた子、在日朝鮮人二世の子供たち、まだ戦争の影を色濃く帯びた時代だった。

昭和三二年三月三〇日のことだ。春休みを自転車で遠出して遊んだ賢一は友だちの野山泰三と〝ろばのパン屋〟が妙心寺の南門の前に来ているらしいと小学生が走っていくので見に行くことにした。御室小学校区に来たのは初めての日だった。

当時の子供社会でも口コミの威力はかなりだった。にぎやかなテーマソングが流れていた。〝ろばのパン屋はいかがです……〟というリズミカルな曲だった。本当の子馬が子供たちに触れていた。子供たちはみんな楽しそうにしていた。ロバに似せた子馬が小便をしても、気にならない様子でなかなかその場から離れようとしなかった。

泰三君の両親は死んでいた。事情は知らなかったし、尋ねることもなかった。だから、彼はおじいさんと二人で貧しい暮らしをしていた。いつかの夕方、泰三君の住む長屋へ行った。ほとんど家具もなく、畳も少しで、床の板の上に物が置いてあった。おじいさんが近くに銭湯があるから行こうと言うので三人で湯につかった。風呂代はおごってもらった。首から足首まで全身に刺青をしたそのおじいさんの姿には目を見張った。金持ちの子や臆病な子は泰三君から離れていたが、賢一は自然と友だちになった。本物の子馬が馬車を引っ張って来ているというので、子供たちがわいわい言って群がっていた。ポケットに一円の金もない二人だったが、「賢ちゃん、明日来よう。ろばのパン屋でパンを買おう。金は俺が何とかしてやるから」と泰三が言ってくれるので、「わかった」と約束して別れた。

家に帰ると、家族が荷物をまとめるのに慌しく、いろんな物が木箱に詰められようとしていた。木箱の内側には江戸時代の古文書が糊で貼り付けてあった。割庄屋の船箪笥など、貧しい暮らしにそぐわない物も少し残っていた。

「明日までに、この家は明け渡すことになったんよ。」

司津は困惑した目に涙をいっぱい浮かべて、賢一の顔を見た。賢一はあっけにとられて、言葉もなかった。〝伯母は心の中とは反対のことを言っている〟。賢一にはわかった。肯く賢一を見て、司津は片付けていたお椀を投げるように置いて、初めて賢一を激しく抱きしめた。やせた体の賢一の心臓が高鳴った。〝いつか、自分が大人になったら、何とかして、五人でもう一度一緒に住みたい〟と（とてもできないことを）賢一は子供心に植えつけた。

「明日の朝、あんたは大阪の俵の家へ行く。ご両親たちと一緒に住めるんじゃよ。あんたは俵の母ちゃんと一緒に住めるけぇうれしいじゃろう?……花園の駅まで送るから、ええね。一人で行けるね。」

　賢一は肯きながら一緒に手伝った。ろばのパン屋のことなどとても言い出せることではなかった。家賃が滞り、借家を明け渡さなければならなくなったのだ。しかも、次に移るところは悪い業者に騙され、右京区桂のバラックのようなところだという。

「室町の仏様を小屋に移すとは何ということじゃ」

　文は血管の浮きあがった老いた細い腕を両腰に当て怒った。

「仕方がないじゃないね。そんなに気に入らんのなら、お母さんも俵の家へ行けば……」

「室町の家をどうするのじゃ」

「きっと賢ちゃんが立て直してくれるよ。ねっ、賢ちゃん。頼むね」

「うん。うん」賢一は文と司津の二人の悔しさが痛いほど解っていた。

　没落旧家も落ちる所まで落ちたのだ。もう立ち直れないのだ。司津と文が無言で向き合う様子はいつもの平穏なものとは全く違った。状況は一変した。文と子宝に恵まれない司津の母子が賢一に室町の家を継がせたいという願いは風前の灯火のようだった。夜を徹して茶碗や置物などを新聞紙にくるみながらのこの無念の会話は忘れ得ないものだった。

　金もない、力もないというのはこんなにも人を引き裂き哀れにすることなのか、三義と司津は生きるのが下手だったということなのか、小学五年生の賢一が知った世間の厳しさだった。意地をかけてでも、失敗した人・弱い人の味方をしようとこの夜に心に決めた。以来、勝ち誇る者には心底反感を抱くようになっていった。

次の朝早く、まだ片付けも出来ていない中で、賢一は気にしながら司津の泣き腫れた顔を見た。文に連れられもはや戻ることのないこの家を後にした。友だちに別れを言う時間もなく……。貧しいが和やかだった室町の家族の暮らしは楽しかった、そして心温まる生活はこの日を限りに崩れて去った。それから一一年間、虚弱児の賢一を育てた司津と会うことはなかった。そして、大阪の俵の家の複雑な人間関係が賢一の心を傷つけることになるというのは、司津には予想できていたことだったにちがいない。何歳になっても思い出すのはこの室町の家での少年時代だった。特にこの日のことだった。ともかくも、賢一の人生にとって始めての区切りだった。この時以後、賢一はあの〝ろばのパン屋〟の曲を時々口ずさみ、忘れることはなかった。この年から、世の中は戦後の岩戸景気に入り、企業には投資ブームが沸き起ころうとしていた。この頃、一万円札の発行が始まった。額に汗して働く時代だった。

2 調剤室

昭和三二年頃の大阪府の北部三島郡三宅村というところはどこにもある農村の風景が広がるところだった。京都市内とはまったく様子が異なっていた。国鉄千里丘駅の近くにある国鉄のアパートの町内会の掲示板には「大十月社会主義革命万歳」という傷んだ赤いポスターが貼られていた。古都京都とは様子が違っていた。俵の借りた長屋と貞が薬剤師の資格を生かして貯めた金で手に入れたアサヒ薬局があった。薬局の場所は駅に近く、産業道路沿いだった。この立地のよさが貞の助けになった。伝三は近くの別の長屋で文と賢一だけが暮らすように指図した。

室町の家から移って来て、荷物を開いたが中には入れたはずの賢一の貯金箱がなかった。おそらく、金に困って司津が抜いたのだろう。沢山の鶏を連れて、ボロ家へ引っ越して、三義と司津はどんなに辛かっただろう。

その夜、伝三はいつもの晩酌で気を紛らわしていた。親方と使用人の食事の内容に大きく差がつく京都の商家での風習か、伝三にだけはおかずの皿数が多かった。引っ越しの荷物を片付けている賢一と祖母の文を横目に酒を飲んでいた。義理の姉の与謝が作ったおかずの味が司津の作っていた味と違っていて、どうしても食欲が起こらず、いつまでも箸をつけない賢一に怒った伝三は平手で賢一の頬を思い切り叩き、力任せに蹴り飛ばした。「食べんか」「言うことを聞かんのか」ドスの利いた酒臭い中年男の声が響いた。賢一の軽い身体は簡単に吹っ飛び、壁にぶち当たった。体重は五貫五百匁（二〇キロほど）しかなかったから。頬はしびれて感覚を失っていた。勝ち誇ったように立て膝で迫る伝三はあのいわく付きの賢一の顎を右手で持ち上げてはののしり続けた。人にこれだけ叩かれるのもこれほどの侮辱を受けるのも初めての経験だった。悲しみと何が起こったのかわからないほどのショックと困惑で、賢一は（早くその場から逃げればいいのに）、黙ってうなだれたまま座布団に正座しなおした。父親の教育とはこういうものなのかと賢一は思った。見たくなかった、知りたくなかった父の姿だった。「大嫌いや」「あんたなんか、何も親と思うてへん」という賢一に向かって、酔った伝三は点のようになった目を怒らせて、台所の出刃包丁を持ち出し、その刃を上に向けてすごい速さで賢一の首に向かって突進してきた。「墓へ行けぇ」単なる脅しでも喧嘩でもなかった。伝三は空手三段剣道二段、若い頃はかなりのヤクザ遊びもしていた人でもあった。やせ細った賢一には殺されるかもしれない恐怖が迫っていたが、声も出せないほどの一瞬に刃先は顎の付け根の皮膚を鋭く突いていた。生ぬるいものが顎から垂れた。シャツがポタポタと赤く染まってやっと血だとわかった。胸倉をつかまれて、立ち上げさせられた賢一は恐怖のあまり放尿してしまった。「こいつ、こんなところで小便しやがって、行儀の悪いガキが」と伝三は怒鳴りつけた。賢一は心臓が張り裂けるほど苦しくなるのを感じた。〝これほど自分が憎いのか〟賢一の熱くなった目頭に悔しさがこみ上げた。どうなるかわからない。しかし、伝三がその出刃包丁を賢一の首から放したと同時に薬局にいた貞が不穏な様子を感じてドアを開けた。

「何をしているの。その年でまだヤクザみたいなことをするのか？ あんた、それでも人の子の父親なんか？」

小柄な貞の、家の外まで響く大きな声に、伝三は包丁を片付けた。通りがかりの人も開いた窓の間からのぞいていた。憎悪の渦が心の中を疾風のように駆け巡った。泣きわめくことも許されない伝三の前で、賢一は濡れた畳と自分の衣服の始末をした。

ともかくも、賢一と文はこういう形で、俵の家族に入ることになった。この日から、賢一のおもしろくもおかしくもない生活は始まった。食卓が一緒なのに、伝三は何ヵ月も賢一には口をかなかった。他の人間とは普通に話すことを見せつけて、賢一、お前は特別に嫌いなんだぞと感じさせるのに十分だった。京男に時々ある意地の悪さといってよいだろう。貞は自分の母と一人息子を引き取ることで勇んでいたが、与謝の前では遠慮や隠し事もあった。与謝の方は孤独をあじわったことだろう。与謝は勉強など手に付かなかった。子連れで結婚する、継子継母の関係は難しい。

「どうして室町の家はつぶれたんだろう」賢一の胸の中には、子供の自分にはどうしょうもないもどかしさが覆っていた。長屋から薬局へ食べに通う夕食時に父と顔を合わせるのがつらかった。

伝三は京都の大金持ちの一三人兄弟の末っ子だった。何が不満だったのか、一五歳から睡眠薬を常用し、博打《ばくち》をし、昭和一〇年代の若い頃には、京都の祇園でヤクザの連中とも付き合っていたようで、自分に好意をもった女性を香港へ売春婦として売り飛ばしその金で遊興していた。とても大店の子息とは思えないような聞きなれない言葉も時々使っていた。

たまに口をきくことがあると、「賢一、勝負は下駄を履くまでわからんぞ」「これが花札の本引きじゃ」「極道も上と下では大違いや」「一人の極道に別の極道が五人がかりで喧嘩しとるのをみた。そいつは一人や二人は道ずれにしたるぞと言って、かっこええがな」と。父の話は賢一にはなじめない世界のものだった。

伝三と貞の言い争いは絶えなかった。人間の酷薄さを感じたこの日々から、賢一にはひねくれた心が宿るようになっていった。伝三は必ず娘の与謝や貞のいない所で賢一を罵倒し、なじった。同じように、貞は賢一や伝三のいない所で与謝にきつく当たった。諍いの絶えない家だった。貞は賢一に伝三の悪口を話していた。興奮のあまり、

「私の前に二回も結婚し、初婚の嫁を性病で死なせるなんて不潔な男や」と言う声を奥の部屋で聞きつけた与謝が叫んだ。

「汚らわしいのはお前や」といつものおとなしい与謝の口調ではなかった。

この程度の言い争いはしょっちゅうだった。人間の怒鳴り方、侮辱の仕方、大声……これらがどうしても賢一の耳に定着していった。


大阪の冬は寒い。いや、家の中の暖房を節約ぎみなので寒い。冬の夕方、これも没落した商家の俵太助が貞の薬局を訪れた。太助は伝三の一〇歳年上の兄だった。ジャンパーの首のあたりにマフラーをまいたままですき焼きをつつく太助を弟の伝三がなじった。

「俵家の屋敷は京都市のど真ん中、京都の大和大路通り四条の一等地に八〇〇坪はあった。樋は全部銅板で出来ていた。仏壇は京都一の別誂えやった。覚えとるやろなあ。その母屋を継いだ時、あんたは（商売が駄目になっても立ち行くように）借家を一〇〇〇軒ももろたんやど。借家専用の大工と左官が毎日仕事しとった。このボンクラが。あれだけの大店の跡継ぎが今は豊中の庄内のアパート一間の暮らしか。このボケが」

こう言われても「わっはっは」と人のいい太助は「見事に潰してしもうた」と感に堪えない様子だった。熱燗の酔いも回った頃、太助は風呂敷を開いて何か包みを取り出した。

「ここに一個五〇円のガムが千個ある。五万円で買うてくれんか?」

「五万円やと。定価で買えてか。馬鹿か」

伝三の大声で貞が店から台所へのドアを開いて出てきた。

「お兄さん。それ全部五万で買うてあげるわ。お客への景品に使うから。与謝、伯父ちゃんにお弁当を作ってあげなさい」

太助は嗚咽した。伝三は黙って杯を口に何度も運んだ。あっさり、割り込んできた貞の捌きで部屋の中は静かになった。酒を酌み交わす太助と伝三の兄弟の間でまた声があがった。火鉢に肘を置いていた太助のジャンパーから煙が上がってきた。あわてて、脱いだジャンパーの肘に水道の水をかけて、やれやれという表情の太助に伝三は言った。

「そのジャンパーの焦げたのは今ここで焼けたんと違うな?」

「ちがう。ちがう。ここで焦こがしたんやない」

気の弱い太助らしい嘘だった。まだ、焦げた熱も残っているのに、よくもこんな話ができたものだ。部屋の端でこの不可解な会話の始終を見ていた賢一はそう思った。

貞がまたドアを開いて入ってきて伝三に言った。

「あんた、兄さんに背広やオーバーをあげたら。沢山持ってるでしょ」

「そうやそうや、そんなボロジャンパーは着るな。俺の英国製の背広とオーバーをやろう。一

○年前のコートやけどな」伝三は防虫剤の臭いの付いた、ずっしりと重みのある一着を太助に着させた。
「どや、やわらかい、あったかい最高のカシミヤやぞ。触ってみいや。ネームも同じ俵と入っとる」

「お前もええとこあるわ」太助は機嫌よく帰っていった。


この頃、賢一の頭の中には一つの思いが湧いていた。もし自分が体格のいい若者だったら、そして秀才だったら、果たして父は同じようにしただろうか、自分より優れた者を前にした時はどうするのだろうかという疑問だった。強い者がいばる、体格のいい者が勝つ、それが世間だ。でも、人がするのと逆があってもいいのではないか。弱い者や嫌われ者が勝てばいいのではないか。勉強も金儲けも強い者のためになることとならする必要はないのではないかと。いや、早く言えば金持ちぶった人間が嫌いになった。勝つ者が何もいいとは思えなかった。

姉妹でありながら、母の俵貞は伯母の室町司津とは違って、喜怒哀楽の激しい人だった。しかも伝三の三番目の妻で〝自信家〟〝キツイ人〟というレッテルが貼られていた。広島高等師範学校の付属小学校に首席で入学し首席で卒業した貞と二歳年上の司津の姉妹は同じ広島の女学校へ通った。そして、貞は恋仲だったフィアンセを戦争で失うはめになった。このような運命をくぐりぬけてきたことやたくましい生活力を生かして所得を稼ぐ術を得ていたことが、母を強くしたのだろう。戦争中から〝共産党なんか嫌いだが、私は左翼だ〟などと堂々と言える人間にしたのだろう。やがて、賢一が〝観念的保守主義者〟の伝三に反発する火種はここにもあった。

広島の山奥、東城で築かれた過去の遺産などは司津や貞が生まれる頃にはなくなっていた。「金ぐらい残せないようでは人生つまらない」という信念のとおり、貞はその薬局を大きくしていった。何より、女の細腕で家計を支え、貯蓄を増やす実際が彼女の発言力を高めた。

伝三の実家は〝京都で三番目の金持ちでその父は京都商議所の常議員だった〟が戦後に破産してしまった、俵家の三男（といっても一三人兄弟姉妹の末っ子）。若い頃にはいっぱしにぐれもし、日中戦争の始まった昭和三年ごろ京都市の四条通の祇園に近いところでモダンな〝カフェ〟を開いたりしていた。そして、どういうわけか戦争にも行かなくて済んだ。もし、出征すれば中国・旅順の重砲部隊で、全滅してしまったところだ。伝三の最初の妻は京都の山科村の村長の娘だった。美しかったその人は娘の与謝を産んですぐに亡くなった。伝三は時々その人の死を悔やんでいたが、その原因を賢一は知らなかった。娘の与謝は生まれてから賢一の母が嫁に来るまでの五年間、転々と俵の親戚へ預けられていた。こちらも不幸だった

思いどおりに進まない人生への鬱憤もあったのだろう。伝三は貞と結婚した月から勤めていたアルミ会社の給料はすべて自分の小遣いにしていた。伝三は家に金を入れる必要もないとしたわ

けだ。時々、淀の競馬場で当たりが出ると、〝鶴橋の肉〟を買ってきてすき焼きをしてくれた。貞の方は四六時中働いていた。〝家族に労働を強いて、自分はのうのうと暮らす〟……なんという理不尽。子供の賢一には全く納得できることではなかった。

「この背広の生地は英国製だ。同じ柄の服を着ている人はこの日本には一人としていない」「これぐらいの服を着ると気分が一新する」と、大会社の社長のような身なりをするのが自慢だった。株にも成功していて、大阪の北新地や南のクラブで飲んだり、京都の祇園で芸者遊びをするのが楽しみだった。「芸者の花代を知っている者はこの町にはおらん」とよく話した。サラリーマンにはふさわしくない毎日で、きっと不満が鬱積していたのだろう。冬の夜は和服の上に高級なマントを羽織っては小唄や麻雀の集まりに出かけた。

伝三の二度目の妻は京都祇園の芸者上がりの人だった。この人とは喧嘩別れし、最後に結婚したのが賢一の母の貞だった。先の二人の妻とは異なる、固いしまり屋の薬剤師だった。だから与謝と賢一は義理の姉弟ということになる。伝三が三度の結婚で家庭が次々と変わっていくのに翻弄される与謝を不憫に思い可愛がるのも当然とも思えた。

だから、伝三は生まれてすぐの賢一を貞の実家へ預けさせたし、文と賢一が大阪へ移ってくるなど、まったく好ましくないことだったのだ。賢一を出産した頃、貞への仕打ちのひどかった伝三は実家に戻った貞へ詫びにきた（昭和二一年）時のことだ。まだ、なんとか暮らしを立てていた室町の家の玄関で、没落しているのに武家の気位の高さだけはそのままの文は玄関先に立って帯の上から両手の親指を入れて伝三を迎えた。「靴を脱いで上ることは相成らん。嫁を大切にせんのか。この不心得者め！」と怒鳴ったという。しかし、その後はどこから金を捻出したのか、どうして二人の機嫌がよくなったのか、伝三と貞を酒と寿司・刺身でもてなした。文は寿司と刺身が伝三の好物だということを知っていたのだろう。高らかに笑う文の声はこれまた浮世ばなれした人という印象だった。

共に没落した家の子孫ということは、かなり豊かな暮らし向きからどん底へ落ちた経験をもつ点が共通するのだろう。文は伝三のことで変わった誉め方をした。

「賢一のお父さまはな、我が家の骨董品を見る時、決して手を触れないで鑑賞される。育ちがいいのじゃ。礼儀をわきまえたお方じゃ。じゃが、皮肉もじょうずに言うてじゃ」と高らかに笑った。この二つの家のわずかなつながりのようなものが話される時には、賢一は何か安堵を感じてうれしくなった。

賢一は伝三に気を遣う毎日で、何か憂鬱な気分になっていった。室町の家での食事よりもおかずは一品多かったとはいえ、俵の家での食はすすまなかった。食事を残すと、いつも伝三は賢一の頬を平手で叩いた。伝三は叩くのが教育と信じていたのだろう。そして、賢一は同居したくないのに転がり込んできた嫌な嫌な〝子供〟だったのだろう。逃げ場もなく、単純な小学六年生の心は閉じられていった。なにしろ、薬局を除けば台所兼食堂と二つの部屋だけの居住空間で五人が暮らす生活だった。

小学校の様子も京都とは違っていた。春の遠足は滋賀県の三井寺だったが、農家の子供はこれでもかと思うほど、家族に土産を買う者がいた。きっと、農地改革で暮らし向きが良かったのだろう。冬には、五、六年生で兎狩りをするのが学校行事だった。男の子は兵隊のゲートルを足に巻いて、凛々しい者もいた。小山のすそ野から大勢の小学生が〝わあ〟と声を上げて山頂を目指す。山頂では高さ一メートルほどの網を二〇メートルほど張った子供たちが待ち受けて野兎を捕まえるというわけだ。言葉も京都弁で〝それは違うえ〟などというと笑われた。大阪の北部のこのあたりでは〝そやのう〟などと田舎らしい言葉を子供たちは話していた。賢一にとってはすべてがカルチャーショックだった。

それでも、引っ越してからの賢一にとっての気晴らしは貞の興味ある話だった。貞は薬学の実験の面白さを賢一によく聞かせた。引っ越して間もない頃、顕微鏡を持ち出してきて、「賢一、庭の椿の花弁を取ってきなさい」と言った。椿の花の断面にピントを合わせた後「見なさい、きれい」「次は白粉や」と次々に顕微鏡で見せてくれた。

「今日は美しいものは光っているということがわかればよろしい」貞は縁なし眼鏡の中の眼を

輝かせて、インテリっぽく話した。それが賢一には興味深かった。

そして、貞は一升瓶の中へ葡萄を入れ、長い棒を突っ込んでつぶした。与謝と賢一の三人のぶどう酒作りである。瓶は暗い押入れの奥にしまっておいた。貞は菌のはたらきを説明した。賢一と与謝には数週間後に発酵したぶどう酒を（カビの部分を避けて）コップに入れた。飲んだ時の味が珍しかった。

グリセリンや消毒用アルコールを混合して化粧水も作ったし、〝効く〟という風邪薬も自分で調合して作ってみた。この安価に作れるこの自作の風邪薬は解熱剤の効果か多くの客をひきつけていった。なにしろ、昭和の三〇年代ではまだホルモン剤やピリン系の風邪薬まで薬局で市販が認められていたのだから。その上、貞は句作や随筆で賞を取ることまで、やっていた。ＮＨＫのモニターになって、集まった会議の場で〝次世代の天皇制〟がテーマになった時の話だ。「男尊女卑を明文化したままの現行の皇室典範には矛盾を感じます。次の世代、天皇制はなくすべきですと言ってきた」と得意げだった。「けど、会議では浮きあがったぁ。もう次の発言の機会が回ってこなくなった」とも言った。賢一にとってはその皆の中で浮き上がったということよりも、（家の中や店でやっているのと同じ調子で）堂々と自説を述べる、さばけた物怖じしない母の態度が羨ましかった。そうだ、あの伝三とも渡り合える迫力はすごい。自分もそうなりたいなと子供心に思った。

貞は清潔家だった。お札はクレゾール液に漬けて、調剤室にピンナップして乾かしていた。それに、節約家だった。一菜一汁の食事が当然だったし、米びつの中には何日に何合の米を使ったかを記入するメモ用紙が入っていた。五円玉を貯め、その穴に紐を通して、遂にはリコー・フレックスという二眼レフのカメラを買った。こうした様子は恐らく、賢一よりも与謝がはるかに間近に見ていたし、影響も強かったようだ。この多趣味の貞にとって、調剤室は実験室兼事務室（時に作業場）のようになっていた。

「実験ほどおもしろいことはない。しかし、結果がでるまでは忍の一字や。賢一も薬学をやりなさい」と。

貞はっきり言い過ぎて、きつい印象を与えることも多かった。薬局へ来た客が、「歯が痛いので、酒で消毒しょうと思う」と言うと、「酒は血液を酸性にしますから、余計に痛みが激しくなりますよ。そんなこともご存知ないの」と応えて、もめごとになることもあった。

賢一の飼っていた犬が死ぬとはっきりとした声で〝シュテルベン〟と、アベックが歩いていると〝イッヒ　リーベ　デッヒ〟と、薬局の客が帰ると〝ダンケシェン〟と指差してドイツ語を教えてくれた。いつも、誰にでも眼鏡ごしに大きな眼をこちらに向けて話した。子供からすれば、滑稽なところのある人だった。

貞は小柄な身体を白衣で包み、タバコの紫煙を燻らせながら、子供の関心を呼ぶような話を続けた。茶目っけたっぷりの貞は話し方もおもしろかった。「今日は何の話があるのだろう」と楽しみは広がった。彼女をこういうマルチな能力ある人間にしたのは過去の経歴にある。女学校を出て三年間は銀行員、薬学を修めた後は洛都大学の医学部助手、資格を使って浅山ガムという食品会社と天満ガラスという会社へ薬剤師として兼務していた。彼女はそれぞれの仕事で得た教訓のようなもの（それは仕事の仕方といった方がいいかもしれない）をすべて吸収していたのだろう。アサヒ薬局が開店する昭和二九年三月にはコツコツ貯めた備品などが用意され、気心の知れた問屋も次々にやってきた。商品棚の上のほうにはラベルを前に向けた空箱がびっしり並べられた。いつか、見事に蓄財を果たそうという欲望がそうさせたに違いない。

中学二年生の夏。学習塾のようなものはない時代。夏休みの補習があった時のことだ。教卓に向日葵《ひまわり》のつぼみが花瓶に生けてあったので、賢一は昼休みに花の開いた向日葵をちぎって取ってきて、入れ替えておいた。理科（生物）の男の先生は面白い先生で「光合成の勉強をしたら、向日葵の花が咲いてる。これはすばらしいいたずらだ」と素っとん狂な声で賢一の方を見て笑った。つぼみの向日葵がシャツの胸のポケットから顔を出していたのでばれたのだろう。教室の皆が賢一の方へ目を向けた。大したことでもなかったがこの出来事は賢一の心にささやかな灯を当ててくれた。

勉強が楽しくなっていった頃だ。しかし、貞はテストの点が悪い時には「今ひとつ、頭が良くない。私が手元で育てたらよかった」と歯に衣を着せずに言った。嫌な気分にさせられた時は黙る癖が賢一についた。

賢一が高校へ入ると、貞の接し方はきつくなっていった。

「こういう薬局を僕は一生やるわけ」

「違う、賢一。薬学は元々こういう薬局をやるためだけの学問とは違う」、今は薬局でなくてもいい、ともかく薬学への道をつけてやりたいということだった。

「お母ちゃんは分析化学だけど、これは化学屋さんのすることと似ている。物質の構造を調べるやり方は物理屋さんと重なる。薬品分析学もあるし、有機をやる研究室もある」

「モルモットでの実験もあるね？」

「モルモットなんて高価なので、普通はもっと安い実験動物を使う。薬学は狭い分野だと誤解する向きもあるけど、実はいろいろな学問との関係が深い。学際的やね。だから、薬学部へ進学しなさい」この言葉が何度も繰り返された。

賢一は全く薬学への関心はなかった。それより、〝母はこんな商売よりも、研究室で実験しているのが似合っているのに〟とそういうことばかり考えていた。

だが、薬剤師の腕と商売人のセンスを併せ持った貞は商才を発揮した。大学の実験室の枠には収まらない人だった。自前の風邪薬だけではない。産業道路に沿っていたこの薬局へはケガで入ってくる客もいて、応急処置を施した。近所の客や車で来る遠来の客の多くを顧客として魅き付けていった。要らない在庫を持たないように、売れ行きの悪い商品は〝トンビ〟と言われる、現金取引をする業者から単品で仕入れて、不要な在庫を持たないようにしていた。同じ薬でも、仕入値の低い無名の商品を客にすすめた。仕入れ値が低く、利益額が大きいからだ。こういう無名の医薬品は値引きしても問題はない。有名メーカーの品は再販価格といって値引きは法律で一〇パーセントと指定されていたから。「無名の商品は効き目が強く出るように作ってあるから、ファンを引き付けるわけ」というのが彼女の説明だった。

ボリューム感のある陳列や目線の下付近へは売り込むべき利益率の高いものや客の買いたい気持ちの起こるものを並べた。ＰＯＰラベルの手作り、節税など、凡そ商売に欠かせない方法はすべて実行していたように賢一には思えた。一日に一〇〇人前後の客が来た。いざなぎ景気の波にうまく乗ったのと彼女の商才の賜物だった。朝の八時から夜の一一時まで、稼ぐために極限まで身体を酷使していた。

客商売には辛さもある。熱心にやれば無数に仕事があることや嫌な客が一日の間にはひとりや二人来ることだ。店の近くに住む小伏依子が貞に言った。

「俵さんあんたなんで大阪薬大（の前身）に入学しはったん。京都薬大もあるのに。あっちの方がレベルが高いわね」

貞は言わせておくものかと、すぐに言い返した。

「京薬は戦前男子校で大薬は女子校でした。あんたそんなことも知らんで、ケチをつけにきたんか」と。小伏依子は逆上して、

「京大の薬学部はどうですのん」

「私は大薬をトップで卒業しましたから、無条件で京大の医学部薬学科の助手に採用されましたわ。何か文句でもありますか」

小伏さんは顔を真っ赤にしてアサヒ薬局を後にした。


伝三と賢一の会話は父子とは思えない不自然なものだった。その日の天気の話をするか、伝三がひいきにしている相撲取りやプロ野球チームの話で賢一がもちあげるようなことでなければ会話が成り立たなかったのである。賢一の好きなスポーツ選手のことはわざと無視された。

高校へ進学した頃、賢一は生徒会活動に入った。きっかけは同じクラスの大笠久美子が「やってみない」と誘ったことだった。前の会長が病気で入院したので、副会長をしていた賢一が会長をするはめになった。気の弱い陰気な賢一がリーダー役が務まるか本人は心配だったろうが、何か鬱積した家の中の不満から抜け出すのに良いかもしれないと思って引き受けることになった。

まもなく昭和三七年の一二月、異常寒波で冷え込んだ中、北側の教室だけでも石炭ストーブを入

れて欲しいという要望を学校側にすることになった。

連日、昼休み時間に生徒集会を開いたが、学校側は〝金がない〟の一点張りでにべもなかった。生徒会執行部の一人が〝体育祭のＰＴＡのバザーの売上金がある〟〝どうもその金はＰＴＡ幹部と校長らが飲み食いに使ったらしい〟と言うので、これを生徒集会で賢一が発言すると集会は大混乱になり、午後の授業が始まっても〝解散して教室にもどりなさい〟とする教員との間でもめ、四〇分間集会は延長した。教員側は彼らも教職員組合などで活発にやっているはずなのに、生徒に対して威圧的だった。結局、このバザーの金でストーブは設置されることになったが、校長らはバザーの金を埋めあわせた腹いせもあったのだろう、俵賢一の退学処分を検討しているという噂がたった。伝三と貞は賢一を責めた。精神的に追い詰められているのに、この噂で友だちは急に離れていった。伝三は高校へ乗り込み校長に怒鳴った。家に帰ってきて家族に伝三は言った。「間違いなくＰＴＡの売上げで飲み食いしておいて、なんじゃお前ら。大阪の府教委でばらしてきたろかと言うと、急に矛をおさめよったわ」と。伝三が賢一を助けた一撃だった。賢一はうれしかったが、学校で先生や生徒たちと顔を合わすのを思うと辛かった。

久美子は左翼の集会へ賢一を誘った。その一つは大阪府下のさまざまな左翼セクトの生徒会幹部の集まり〝自治懇〟だった。これは上本町に本部があった。当時は「日韓条約」の批准を認めるかどうかという問題が前面に出てきた時だった。高校の生徒会でやっていることとはかけ離れた、政治的な議論や主張ばかりだった。もう一つは中の島之中央公会堂であった共産党の集会だった。話の中身よりも、国会議員の志賀義雄や川上貫一の演説のうまさに目を見張った。彼らの話し方は戦前の政治家がよくした、檄文を読むような歯切れのよさが際立っていた。

家に帰ると、伝三が長屋の玄関で仁王立ちになって怒鳴った。

「こんな時間までどこへ行っていた」

「集会へ行ってきた」

何か、すでに知っているような口ぶりで追求が厳しくなった。

「共産党だろう」眉に深いしわをよせた伝三は賢一の顔に自分の顔をつきつけて、酒臭い息を吐きながら言った。伝三は賢一が入党するまでになっていると勘違いしたようだった。

「だったら、いかんのか」と賢一が言い返すと、

伝三は用意していた言葉を投げつけた。

「左翼に食わせる飯はない。出て行け！」と。確かに賢一のカバンは開かれ、中のものは見られていたようだった。伝三と賢一の心の距離は修復不可能のように遠くなっていった。

「どこへ出て行くの？ 伯母ちゃんの所はとても狭くて住めないらしいから……」

貞は伝三と賢一の喧嘩で困った様子だった。義理の姉の与謝は表情を変えずに黙って見ていた。昭和三八年のお盆の中日の早朝、ともかく賢一は京都へ向かった。「盆の中日は地獄の釜の

蓋も開く日だ」と伝三は言っていたが、賢一はちょうどその日に出かけることになった。地獄なんてあるものかと思って。電車はすいていた。賢一にとって、心の整理などはできないが、静かな方がよかった。

一人で四〇分ほど電車に乗るのは心地よいものだった。車窓の風景は電車が向日町を過ぎて西大路の辺りへ来るとあたりはなぜか京都の雰囲気に一変する。京都駅の駅員がスピーカーから流す〝きょうと〟という声はなつかしい京都のアクセントだった。家を出てきた心配と心細さが表情に出たのか、賢一の前に座った職工風の男二人が聞こえよがしに言った。「このごろの若いもんは元気がおへんなあ」「ほんまほんま」と。

司津に会うことは、気恥ずかしさが先立って、司津のいる桂へは行かず、京都駅から室町の家があった花園の方まで歩いてみることにした。京都の街中はいたるところ狭い路地が通っている。妙心寺の北門へ辿り着いたのは午後二時頃だった。昔旅芸人が演芸小屋を張った京福電鉄龍安寺駅横の空き地は草ぼうぼうだった。どこも六年前とはそれほどの変化はなかった。小学校時代の友人には誰にも会わなかった。会えば懐かしいが、家出していることが覚られるのも恥ずかしい。仁和寺の裏で文とうっそうとした木の絵を描いたあたりだけは、バイパスが金閣寺の方へ向けて通っていた。小学生の頃には無い道だった。仁和寺と金閣寺を結ぶ、観光客向けの道路をつけたわけだ。どこへ行くあてもなく、引き返して千本丸太町の近くの小さい酒屋で甘いチェリーブランデーの小瓶を買った。お酒のことなど全く知らなかった。きれいな桜の花びらのラベルが貼ってあるから買っただけだ。酔っ払って荒れる父をあれほど憎んだのに……、酒を買うのはおかしな自分だとはわかっていたが、そして、決して大人には見えない自分が酒を買うのも変に思われるとどぎまぎしたが、買って飲んでみよう、酔ってやろうという捨て鉢な気持ちが働いた。こういう甘い酒は少し経つと悪酔いさせる。賢一は大極殿跡の石碑の横で眠った。真夜中に男の声がした。懐中電灯で顔を照らすから、こちらからは何も見えずまぶしい。「家出人か。こんなとこで寝たらいかんな」と、西陣署へ連れて行かれた。警官は賢一の住所・氏名を聞き取り、待合室の長椅子で寝るよう指示した。大したこともなく、次の朝早々に「家へ帰ります」と警官にうそを言って、今度は二条城から京都中央卸売市場へ向かった。活発に仕事をする男や女の姿がまぶしかった。きょろきょろ回りを見ながら歩いていると、あの〝ろばのパン屋〟の曲が聞こえてきた。賢一は走った。しかし、子馬はいなかった。軽トラックから曲が流れていた。がっかりしたが、ともかく蒸しパンを一つ買った。それでも、懐かしかった。

歩き疲れたのもあって、何か落ち着かなさとわびしさが襲ってきた。このまま放浪するのも嫌だし、家へ帰っても伝三に謝るのは嫌だ。貞もきつい。でも、貞は心配しているだろうなと思った。

おめおめと、長屋の方へ帰ると伝三の下駄が脱いであった。

伝三は「賢一、一昨日は俺も酔うとってな。もう、集会なんかやめて勉強せえよ」と。初めて、目にした穏やかな態度だった。

「……」賢一が頷いて、俵の家らしくない静けさが広がった。

賢一の家出のさなかに、伝三と貞の間に何かの合意か約束のようなことが出来たに違いなかった。

賢一の勉強は進まず、小説を読み漁る日が続いた。太宰治・堀辰雄・水上勉・司馬遼太郎・瀬戸内晴美・ジード内容を理解する以上に文学の世界——いや知らない大人の世界といっていいだろう——への憧れから本を離さなかった。いずれも貞が好まない作家ばかりだったが。夕方になると、大阪市内の大阪文学学校へ通った。こちらは小野十三郎という老齢の文学者が指導していた。後で知ったが、この人も左翼の人だということだ。賢一は素人の作品の添削や批評を聞いてみた。いつも、俺ならもっとうまく書くとうぬぼれが先にたった。作品の合評会で聞く大人の意見はすべてが大切に思えた。テスト前でも入試前でも、わざと小説を読みふけった。出来る生徒がテスト前に大した勉強もせずにテストに臨むのとは違っていた。成績が下降を続ける中で、「全国読書感想文コンクール」に応募することにした。対象は本田彰の『文章作法』。大阪大会で最優秀賞を得たが、全国大会では佳作だった。貞はこの時に意外な評価を賢一に伝えた。

「この程度では、文才があるとは思えない。文学は趣味にしておきなさい。これでは食べていけないから。有名な人なんてごく僅かなんだからね。わかってんの」と。

貞は縁なし眼鏡の奥から大きな眼を精一杯大きくして賢一をにらんだ。俵の家で只一人たよりにしている貞の威圧には凄みがあった。

「お前も両親がえげつないから、かわいそうやね」いつもは人を攻め口調で追い詰めることの多い貞だったが、この時は思わぬ言葉をぽつりとはいた。きっと本音だったのだろう。

賢一はそのとおりだと思ったが、ともかく黙っていることにした。この時の言葉は賢一には安らぎになった。そして自分に都合のいいこの言葉だけが頭に残った。また、別の思いも湧いた。なぜ、自分は皆にきつく言われるのだろう。誰にもはっきりものを言えないんだろう。一人では生きていけないということからか。身体が小さいからか。勉強も大したことでないからか。何もかも弱いのか。だめな人間ということか。生まれてからそれまで、母子家庭のような感じで育ったような気さえする。何とかして、大きな声で言い返したい。親子であるのに……、この親は弱肉強食のような関係の中で、子供を圧迫するのか。母から注目されるような小説を書きなさい……と言うわけにはいかないのだろうか。一度、与謝と貞の激しい喧嘩が賢一の目の前で起こった。発端は貞が手渡したパーマ代を郵便貯金する与謝に業を煮やしたことだった。パーマ代を返す返さないでもめていた。必死で働いて、一円の金も無駄にしたくない貞の口調は激しかった。与謝が泣き出すので、賢一は「お母ちゃん、もうやめたってよ」と貞に逆らった。貞は「賢一の裏切り者、子供なんか生まずに実家へ帰ればよかった」と嘆いた。だが、貞はあっさりと「私が悪かった」と諍いを収めようとした。後で、貞は賢一につぶやいた。「喧嘩は相手を最後まで追い詰めるものではないのよ」と。

賢一は司津のことを思い出した。佳作に入ったことを手紙で知らせようと思った。〝きっと、いい返事が来る〟と期待して。

一週間後、司津から返事が来た。

「賢ちゃん。驚きました。子供の頃は絵と工作が得意だったのに、作文でこんな賞が取れるなんて◎です。こちらは先日の台風による水害で、家も一メートルほど水につかり、鶏もたくさん死にました。先祖の古文書もほとんどが泥水に浸かりました」と、あまり美しくはない字で書いてあった。

困っているんだ。早く、行ってみたいと思ったが、両親が反対するだろう。もう一日待って、頭を下げて頼もうと心に決めた。「ちょっと、室町の家へ行きたい」とともかく話してみた。

案の定「来年の入試があるのに……」と貞は快く賛成はしなかったが、姉のことが気になるのだろう。消毒剤や食料を与謝に用意させて、賢一を送り出した。

「姉さんに、これを渡して」と出掛けに渡された封筒の中身は分厚い現金だった。

「やっぱり、やさしい人なんだ」と安堵して、出発した。

桂の樫原井戸町の辺りには、川沿いに土嚢が積まれ、あちこちに家具が干してあり、水害のひどさが残っていた。「こんな中で、自分に返事をくれたのか。」七年ぶりに再会する三義と司津に会うことに賢一の胸は高まった。司津の家の前に立って、賢一は息を飲んだ。隙間だらけの板張りの壁…おそらく三義が大工仕事で作ったものだ。井戸の水は樽に仕込んだ小石と砂で漉していたが、鉄分が多いらしく、砂は真っ赤に染まっていた。小屋のような家の周りには鶏舎が立っていた。鶏の糞の臭いもきつかった。

「よう来てくれたね。ご覧のとおりの乞食の家よ」

八畳ほどの広さに見慣れた家具が置いてあった。〝これは大変な苦労をしたな〟というのが賢一の実感だった。

「室町の古いものも水につかってしもうて……、でも火事じゃないけぇ、全部なくなりはせんかった」

「元気そうで何よりや」賢一は当たり障りのない言葉で会話を繋いだ。

貞からの封筒を差し出し、「これ、預かってきたけぇ」と少し広島なまりで話してみた。

「まぁ、さあちゃんは達筆じねぇ」と無言で手紙を読んだ。

手紙には「姉さん、しっかりして」と貞らしい言葉で励ましが書いてあるのだろう。

「今は景気がえぇけぇ、薬局も繁盛じゃろうが」司津は賢一に尋ねた。

「……」水害で困っているのと対照的に片方は〝儲かっている〟とは言えない。姉妹での暮らしの違いは歴然としていた。

司津はさばいた鶏肉ですき焼きをしてくれた。なつかしい味だった。かえって、気を使わせた。少し手伝って大阪へ帰ることにした。夕方の野原のあぜ道を帰る賢一を二人はお互いの姿が小さく見えなくなるまで、手をふって見送ってくれた。

昭和四〇年、証券恐慌が日本を襲い、山一證券が日本銀行から特別融資を受けた時だった。伝三は貞に頼んだ。

「おい貞、株で大穴が空いた。塩漬けにもできんし、五〇〇〇万円出してくれんか」

「あんた、給料を全部小遣いにする生活をしておいて、何を言うんや」

大喧嘩の末に仕方なく貞は金を出すことにした。

「金持ちやなぁ」と伝三はホッとしたようだった。

やがて、昭和四五年の大阪の千里万博が始まると、そのすぐ近くにあったアサヒ薬局の客は連日、いつもの三倍を越えた。〝いざなぎ景気〟もピークを迎えていた。先の〝神武景気〟や〝岩戸景気〟以上に建設ブームと製造業の発展が五年ほど続いた。とりわけ、全国から押し寄せる観光客相手に北大阪一帯の農家は自分の畑にプレハブを建てて賃貸する簡易の宿泊所を作ることがはやった。もちろん無届だし、クーラーも普及していない、寝るためだけの建物だ。身体の調子の悪くなる人を作るようなブームだった。貞は毎日売上の金をバケツに入れて深夜に与謝と賢一に計算させた。万博が終わると、貞は急に仕入れを減らした。損失は出さなかった。状況を見てやり方を転換する早さは見事というほかはなかった。彼女のモットーだった、金儲けへの執念と現実が見事にマッチする様子を目の当たりにすることができた。しかし、明らかに貞は働きすぎていた。

賢一の大学入試はことごとく失敗した。伝三は賢一がもう少しは出来ると思っていたのか、入試の日程が終わる四月が近づくと賢一に激しく当たるようになった。

「お前は見限った。お前の子は俺が育てる。東大へ行かせるんじゃ」と酒臭い息を賢一の顔に飛ばして言った。

貞も苛立っていた。「馬鹿やったね。この子は」となじった。「与謝には大学入試すら受けさせなかったのに、通れんのか」と。ダメな子、出来の悪い子の烙印が押された。

薬局には睡眠薬がある。そして、伝三は一五歳の時から三八年間毎晩欠かさずブロバリンという睡眠薬を少しずつ服用している。「そんなに俺が嫌なら死んだるがな」賢一は一気にその錠剤を二〇錠ほど口に入れ飲み込んでしまった。苦味が喉の奥を通った。一〇分ほどして、立ち上がろうとすると天井が恐ろしい速さで回りだした。記憶がなくなっていく。心地よい。机の上の蛍光灯に手が触れたのか、ガラスが割れるような音がした。全身がしびれあがり畳の上に倒れこんだ。異常を知った貞が何か叫んでいる。すべてを諦めるということはこういうことなんだと瞬時の心地よさを賢一は味わった。

貞が呼ぶ声でうっすら眼が覚めた。彼女は掃除機のホースの先を賢一の口に突っ込み、かなりの睡眠薬を吸い出したあと、解毒剤を飲ませた。彼女は強引に賢一をこの世へ引き戻したわけだ。三〇時間ほどが経っていた。考えもしなかった事態に、そしてバツの悪さに賢一は泣き崩れた。死にたかった。死ぬべきだったのに。

貞はその日はそっとしておいてくれたが、数日経つと「情けない」「出来そこねやった」と繰り返した。賢一は困り果てた。伝三は気を使ってか口を利かないし、眼を合わせることをさけた。夕食は伝三の晩酌が終わってからの九時ごろに取ることになっていった。賢一が寝入った後、貞は伝三に気を使ってなのか、「この家で死んでくれたら、商売に差し支えるわ。まあ、生き返ったからいいけど」と話しているのが聞こえた。貞には賢一を見限る気持ちと伝三への遠慮の気持ちが出てきたのだろう。

親しい友人もなく、何することもなくふさぎこんだ。与謝はいつものように言葉少なだった。賢一は全くやる気を失った廃人のような気持ちだった。やがて激しい欝と拒食症を引き起こし、顔は陰気になった。親からすれば困った子だったと言えよう。困惑、落胆と挫折の一八歳だった。しかし、死なずに生きることができてよかったなどと体裁よく思えるのはずっとずっと後のことだった。

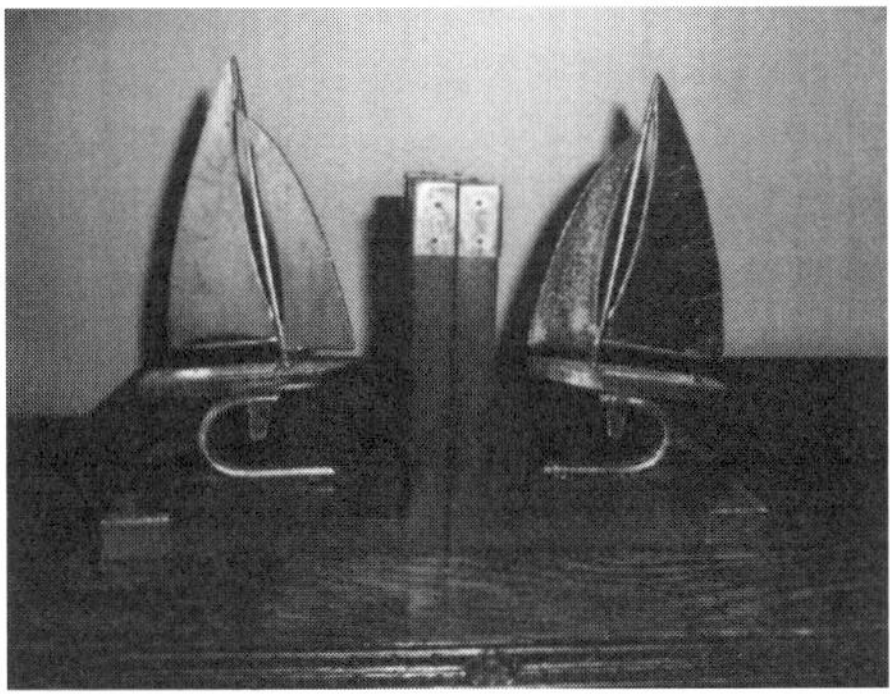

3　師団街道

一浪した賢一は全く希望ではなかった洛南教育大学へ席を置くことになった。春の陽気がうっとうしくしか感じられない入学だった。昭和四〇年から四五年までの〝いざなぎ景気〟に入ってもキャンパスは今日とは異なっていた。木造の校舎が多く、たった四八〇〇人ほどの学生なのに、小さな散髪屋があり、靴の修理屋もあった。

陰気の権化のような表情の賢一にも左翼の活動家たちは近づいてきた。彼らは多くの夢を語って、賢一を会話の渦に巻き込んでいった。〝励ましあう〟〝助け合う〟〝不正を許さない〟という言葉は賢一の心を魅いた。もう、黙って辛抱するような態度は要らない。忠実に行動すれば評価されるということがわかって、彼は次第に〝熱心な同志〟となっていった。伝三や貞はこういう賢一のすることに真っ向から反対したが、司津は「弱いもんの味方なんかしても、結局は裏切られるぞ」とだけ言った。

雪の降る回数も減った昭和四二年三月の半ば、「賢ちゃん、山科まで歩かない？」富士松代の誘いに、新聞の切り抜きをする予定を切り上げるつもりで「いいよ。行こう」と返事をしてしまった。自分が女性を誘うのも女性の方から誘われるのも生まれて初めてだった。お互いにまだ恋の予感があるのかなという時期だった。京阪電車の藤森駅の改札口には松代がいつものもの静かな笑いを浮かべながら、こちらを向いて立っていた。

「名神高速道路の側道を歩いていけば、山科の勧修寺に着くわ」

京都は右京区かその周辺の山里しか知らない賢一は後ろから付いていくだけ、彼女の話を黙って聞くだけだった。それは賢一が誰に対してもする遠慮が身についてしまった卑屈な態度だった。

「ここが師団街道。昔、陸軍の第一六師団があって、この道は京都駅から塩小路通を東へ進んで鴨川を渡り，疏水と鴨川の間の狭い空き地を使った道路でね。大体、伏見は京都市とは別の市だったの。京都市に合併してもらって何もいいことなかったらしいわ。戦前は師範学校だった私たちの洛南教育大学には終戦直後には米軍が駐留し、今の学長室は米軍の司令官の部屋だったそうよ。サークルボックスのところは馬小屋よ」そういえば、この大学の近くには、いまだに古びた軍靴を売っている店もあった。

街中の喧騒から離れて名神高速の側道に入ると、人気も少なくなっていった。予定していたかのように、そして堰を切ったように松代は話しはじめた。

「実は私、子供の時から本当の両親とは別の家で暮らしているの。父の姉、伯母との二人暮らしなの」、松代の眼は揺れることなくまっすぐに見つめていた。〝どう思う?〟と一気に問いかける目を向けてきた。この出会いの意味がわかった。賢一の歩んできた道とまったく重なっていた。何という偶然だろうか。この日、彼女はこの自分の一番言いたいことを賢一に話したかったのだ。

「実家へ帰ると安らいだ気持ちになれるわ。妹はいつも両親と暮らせていいなって思う。いつも、さみしい。もし、誰かと結婚したらきっと温かい家庭をつくりたいな」この結婚というまだ実感のわかない言葉が賢一の頭の中に留まった。どういうことだろう、彼女は誰と結婚することになるんだろう。恋人になれるかどうかもはっきりしないこの自分にどういうつもりでこういう言葉を言うのだろう。疑問はあったがそのまま話を聞くことにした。彼女と両親が離れて住むわけはどうもその父親と子供のいない伯母の間でのお金の貸し借りが絡んでいるという理由も話した。

「僕も同じだよ。伯母の家で育てられたんだ。伯母の家へ行くと心がほのぼのとなるよ」

賢一は伯母司津の話を始め、彼女と重なることを次々話した。松代は賢一のすべての話に納得した様子だった。彼女はうすうす賢一の生い立ちが自分と似ていると感じていたのかもしれない。

「本当に一緒ね。私たちにしか理解でないことよね。ねえ。そうよねぇ」

平安時代の女性のように色白で細い眼の松代の顔は真剣だった。心が通うとはこういうことなんだ。賢一の心は弾んだ。

「子供の時、五歳ぐらいかな、丹後半島の住まいで水害に会ったの。水に浸かった家具を片付けて疲れ果てていた時、知らない人が真っ白のほっかほっかのおにぎりをくれたわ。人のやさしさを感じたわ。忘れることが出来ない思い出よ。」細い輝いた目で彼女は思い出を語った。

「ずっと、順調だったけど、伯母の家に預けられてからはピアノと昔の人が残さはった戦前の文学書を読むばっかりで……。家族と切り離されてしまってね。私ってね、他人に背中を向けて舌を出すような捻くれ者になってしまった」

「孤独だったの?」

「うん」瞬きもしないで松代は賢一を見つめていた。

山科に近づくにつれて、農村の風景が広がっていった。彼女は自分の話に自分で頷きながら、

「賢ちゃんあんた、私にとっては空気みたいな人なんや」細い眼をほころばせながら、松代は言った。一瞬、どういう意味かわからなかったが、「いつもは意識しないけど、いてくれないと私の心は乾いてしまう気がするのよ」という説明で理解できた。賢一は最高にうれしかった。だ

が、「別に相手は誰でもよかったの。ともかく、恋をしたかったの」とも言った。聞き流すべきでなかったこの一言の意味はやがて解ることになる。二人はやがて来る恋の破局のことなどは考えもしなかった。松代は賢一の反応も気にする風でなく話し続けた。自分だって、恋はしたい。でも、相手を松代にするのかどうか判断はつきかねていた。いや、当時の左翼運動は異常に忙しく心の余裕もなかった。そして、結婚する人以外とは交わってはならないという祖母の言葉が心の奥にあったことも少しはブレーキになっていたことも確かだ。

それから二週間が経って、桜が満開になった頃、松代が「賢ちゃん、授業が終わったら音楽室へ来ない?」と言うので行ってみた。彼女はピアノとボーカルという感じでイタリアのお葬式の歌というのをピアノを弾きながら、何度も何度も演奏しては高い声で歌った。

「見て、私の手の形って赤ちゃんの手みたいにちっちゃいでしょう。でも、ピアノをやっているとこんなに開けるのよ」と賢一の手に重ねた。柔らかい、初めて触れる女性の手だった。話す時はいつも「あのぅ」と何度も繰り返してその真意はなかなかわかりにくいのだが歌はうまい。さすが、音楽科という感じだ。一時間も同じ歌を聞いていると、意味はわからないが、口ずさみたくなる。賢一が〝オーマイツォーレンタイムエウリディチェー……〟と大きな声で真似て歌うと松代は「うまいわ。筋がいいわ」と誉めてくれた。誰もいない音楽室で、二人の合唱は続いた。歌い終わって、初めて顔をあわせて笑った。このとき、月の光に照らされた彼女の面長の白い顔は魅力的だった。

音楽室を出て夜桜の下で、二人は初めて唇を合わせた。彼女の桜餅のような口の香りが賢一の頬をなでた。背丈の同じ松代は賢一の目を見ながら、肩を強く引き寄せた。「好きよ」と彼女は賢一の耳もとで呟いた。松代の薄い胸が賢一の胸に触れた。やがて、何かぬめっとした女性の臭いを感じた。賢一にとってすべてが初めてのことだった。女性が激しくなるのを目の当たりにして賢一は驚いた。どちらもこれこそ本当の愛だと信じて疑わなかった。だから、この時には愛に飢えて育った二人は誰よりも深く結ばれていく気がした。

松代はよく伊藤野枝や大杉栄の話を得意気にした。

「東京の本郷菊坂町というところに菊富士ホテルというのがあってね、そこには尾崎士郎や正宗白鳥、谷崎潤一郎から宮本百合子も逗留したそうよ。行ってみたいわ。」

「マルクスの妻イェンニー・フォン・ベストファーレンは気位が高かったそうよ。」気位が高いという、元来はあまりいい意味には取れない言葉をとうとうと言うことに、彼女には底知れないプライドの高さがあることを実感したのはそれからもっと後だった。ともかく、耳学問がかなりのもので、会話は充実していた。

松代は礼儀も常識もある京女だ。話も楽しい。賢一は他の女性とは親しくなる気もなかった。もちろん、女性のもつ優しさは魅力的だと思っていた。当時の風潮はまだ恋愛と結婚が結びついていたから、恋人になる人と一生共に過ごせるかと考えると、身体の関係だけが深くなって心のつながらないことになるとこれも大変だと思っていた。家庭というのは自分の両親のようにならないためには男の自分はうずく性欲を抑えて、自分を殺すしかないのだろう。どういう人を選べば良いのだろう。身体は大人になりながら、子供時代を引きずる半端さが自分でももどかしかった。

ある日、松代が下宿を訪れた。入口の鍵はかけていなかったから、勝手に入ってきて。彼女は賢一が寝ている襖の間から顔だけ出して言った。

「賢一君、結婚のことどう考えてるの?」彼女は胡坐をかいた賢一に話しかけた。

「なんか、突然の話やね。一般論での話?」それはそうだろう。とても、そういう状態からは遠い二人だった。

「そうよ、私幸せな結婚生活が最高と思うの」松代は両こぶしを膝に乗せて、卓袱台に差し向かいで座る賢一に言った

「僕は結婚というのは男と女の付き合いのかなり大切な関係だけど、付き合いの一つの形だと思っているけど」

「結婚以外の男と女の付き合いでは一生はやっぱり不満足だわ私。賢ちゃんって、どんなタイプの女の人が好きなの」

「明るすぎる人には弱い。健康すぎる人も困る。大きすぎる人も付き合えない」

「へえ、かなり対象は狭まるのね」

「じゃ、賢ちゃんって私のことどう思ってるの？」

「いい人だと思ってるけど」

「それだけなん？　私ってそんなに魅力ないの？　胸はちっちゃいけど、私、もう大人の女よ」

「そんなことはないよ」賢一は彼女の真剣な表情を目の当たりにした。何の目的でこういう話をしにきたのか、松代の真意は賢一には判からない。

「この間、哲学者が書いたものを読んだんだけど、男と女が好きあう根本には性欲があるって……」突然、性的な話を始めた。この人にはついて行きにくいなという思いが一瞬頭をかすめた。積極的すぎる。が、こちらの気持ちを気づかれないために、ここは普通に答えておくしかなかった。

「かもしれないな、でもそう言ってしまうと、何か不純な感じがしてくるしね……」

「女はいつも待っていなきゃならない。こういう風習もおかしいと思うえ」

「うんうん」

本当は二人で同棲でもしたかった。早熟な感じの松代だが、不思議と身体は許さなかった。賢一の煮え切らない短い返事に見切りをつけたのか、「じゃ、また」と松代は襖をバチンと閉めて踵を返した。その時、フルートを入れた硬い小さいケースが見えた。あそこで彼女の気持ちをつなぎとめる話をすればよかったのかもしれない。いや、獣になって彼女に抱きつけばよかったのかもしれない。普通なら、そういう場面だろう。積極的に来られると引いてしまう、出来ない。とにかく、彼女は自分よりませている、大人になりたがっている。しかし、お嬢様だというのが賢一の感想だった。

大学を卒業するまでは、賢一の生活はまさに赤貧の日々であり、また二四時間のすべてを組織にささげる毎日だった。姉は大学へは行かなかったし、母も姉も節約の生活をしていたので、仕送りはわずかだった。そういえば、薬局の台所にある米櫃には、毎日の米を使用した量を記入するメモがあった。一粒の米も無駄にしないためだ。その上、左翼運動に忙しいためアルバイトもできなかった。貞には〝節約し貯蓄することこそが豊かになる根本〟だという、日本の伝統的な考え方を実行していた。こうした生き方を与謝と賢一が身につけるべきだという信念があったようだ。

一円の金もなく、食べるものもなくなったある夜、賢一はスーパーマーケットの野菜の切れ端ばかり集めたゴミ袋が捨ててあるのを見つけた。食べられるところを切り取って油で炒めれば食べられる。数日は食いつなげる宝だ。その大きな袋を担いで帰るときは妙に生き生きしている自分がおかしかった。思えば、鶏の餌のようなものだったが……。この野菜が尽きると、五時に閉まる学生食堂で格安の山盛りのご飯ばかり食べる日が続いた。顔からは艶がなくなり、元気が出てこない。一一月の連休のある日、友だちの仁が大きな袋を抱えて訪ねてきた。袋の中は食料であふれていた。

「おい、賢一。チーズと缶詰や。食えよ」親切心で持ってきたのだろう。

「どうしたん。こんなにたくさん」

「お母はんが送ってきてくれたんや。お前とこは送ってこんのか」

困った問いを発する男だ。善意のつもりだろうが、賢一にとって、そのあけすけな大阪弁の響きからは自分には屈辱しか感じられなかった。

自分が貧しい暮らしをしているのは左翼仲間はみな知っている。家庭のことは知られたくないと自分に言い聞かそうとしても、どうしょうもなかった。「いらない」と言うと、仁はきっと怒るだろうから、肯いて受け取っておくことにした。

この時の落ち着かない気持ちを松代に話した。彼女は難しい顔をして、高いふるえる美しい声で言った。

「どうして、貧しくもないのにあなたの家はそんなに節約するの。難しい家庭ね」

次の日の昼頃、彼女は両手に持ちきれないほどの食料を抱えてぼろなアパート〝うずら荘〟のドアをノックしてきた。

「あら、未だ寝ていたの」

「会議の後、夕べ遅くまで、ビラの原稿書きや会議の資料づくりでね」

「活動で本当に世の中が変わるといいわね。食事をつくっておくわ。寝てよし」

バツの悪さと眠たさで、布団をかぶってまた眠りについて、眼が覚めたころには薄汚い部屋には秋刀魚を焼いた煙がたちこめていた。温かいご飯と味噌汁も鍋に出来ていた。そして、彼女は帰った後だった。わびしさの中で、一人食事をした。鉋もかけていない木で出来たりんご箱の本棚の上に彼女のメモが置いてあった。

―バイトで稼いだお金で買いました。賢ちゃんは本当に活動に打ち込んでいるわけです。専従のプロの革命家にのし上がって、名を馳せるのが一番いいと思う。　松代―

賢一は活動ばかりに集中していたので、学生自治会の委員長から学内の党組織の総細胞長、そして全学連の中央委員になっていた。そこにはいつも応援してくれる誰かがいた。しかし、組織の中でうまく泳ぐのは向いていないことも賢一自身はよくわかっていた。組織には優しさや励ましのようなものがある反面、方針を押し通すために個性的な意見などは無視された。ある人が「旅行へ行きたい」というと「党がこういう課題を抱えている時、旅行とはなんだ」と言って断念させるのが「よくやった」ということになる風潮だった。上手く組織のために方針を実行しようと話せる者が評価された。誰かが言った。「これじゃ全くスターリニストのやり方と変わらないよ」と言うとおりだった。その上、貧しい様子だが、貧しいのに左翼らしくない育ちが表れてしまう賢一に反発する人たちの嫌がらせがあった。組織の中での出世争いに野心を抱く者もいた。組織の現実は〝瞳のような団結〟とは縁遠い、いや正反対の醜い異臭が漂っていた。大衆にアピールすることと組織内の罵りあう様子は全く相容れない不可解なことだった。しかし、賢一はおもしろい楽しみを見つけていた。それは一瞬で人をひきつけるような上手い演説を聴くことだった。結局、高校時代に聞いた左翼政治家の演説なみの上手さをもつ他大学の学生や先輩の演説、時には他大学の敵対的セクトの活動家の演説には目を見張った。集会でなくとも、キャンパスの中は急にエキサイトしたり、演説が妨害されたり、やりにくいことが多い。話の上手い人は場の状況を的確に判断し、歯切れよく話すべき時や諄々と語りかけるべき時かを判断し、話術の変化で見事に対応できる人だ。だから、賢一にとってキャンパスの中は話術の学校として体験できることも楽しみだった。たとえば政府の政策や対立するセクトの主張を説明した後に、「なぜ彼らはそのような主張をするのか」「果たしてそうだろうか」とゼスチャーを入れながら聴衆に顔を向けて、畳み掛ける。「この問題の原因は何か」と合理的な論理を示して、肯きながら話す。肯きの輪ができることを狙うためだ。声ははっきりした大きな声を出した。「では、何をなすべきでしょうか」と方向を示す。聴衆の正義感や感情を見分けながら、どういう意見の対立になっても説得力をもつ自信が出来ていった。やがて賢一の話し方の上手さは群を抜いていった。

誰かが「賢ちゃん、大変。革マル派がたくさん人を集めて集会をやってるの。早く行って引き離すような演説をしてきて！」

「わかった」いつもいつもがこういうことの繰り返しだった。やっかいな所へとびこんでする失敗や成功の体験は賢一にとって、キャンパスは話術の道場だった。

ライバルのセクトが言う問題の核心を突いて、証拠や事実をあげて、こちらへ引き付けていく。七〇年安保の直前は気の休まることのない毎日だった。

松代との付き合いは付いたり離れたりの仲だった。彼女には賢一とはやっていく気がないのかと思わせるようなそぶりを見せる日や急に接近してくる日があったりした。

四回生の五月の初めだった。

「賢一君（何か改まった話の時には彼女はこう呼んだ）、運動ばかりで勉強はしているの？いつか経済学で進学するって言ってたのはどうなったの？」

アルバイトのお金でかったという淡い緑色のツーピースに身を包んで、いつになく厳しい目つきで賢一をみつめた。

「すべて独学のようなもんだから、…特に語学二つは難しいな」

「じゃ、どうするわけ？ 私は洛都大学に進学してほしいの。教授夫人なら、実の両親も私たちを認めてくれると思うの」

娘を身内に（跡継ぎとして）預けた立場なのに、早く言えば金のかたに娘を放り出したくせに、実の親は松代に干渉がましかったようだ。学生運動で疲れた学生など、おまけに貧相な服を身にまとった小柄な男など、親は交際を認めないのが普通だろう。しかし、どうして、松代は外見にこだわるのだろう。〝一緒に、僻地の山村なんかで教師生活をしましょう。夜はランプをつけて〟と教師として献身的に生きていくというわけにはいかないのだろうか。それに、大学院で経済学をやる話は元々父伝三が近代理論を吹聴するのに反発した親子喧嘩が動機で、いつか彼女に話していたことだ。学校教師の道か進学か、はっきりしないまま時は過ぎた。

その年の秋の大学院の入学試験はことごとく失敗した。試験の結果を伝えるために、富士松代と京阪電車の墨染駅で待ち合わせた。春の始まりを感じさせる晴れた空が広がっていた。松代は襟元に淡いピンク色のレースのついた新調の服を着て不満そうな顔をしていた。

「あなたは努力家だわ。でも、考えていることやすることに単純さがあるわ」その言葉に賢一は何かいつもとは違う松代を感じた。二人は歩き始めた。洛南教育大学の附属高校の運動場で生徒たちは体育の授業中だった。きっと、恵まれた家庭の優秀な生徒たちなのだろう。賢一にはまぶしかった。

「僕たち、生い立ちが似ているっていうのはどうなんだ」

「似ているわ。でも、私はそんな暴力や暴言を受けてはいない」

「何が言いたいんだい?」

「暴力やいじめが激しいと、発想が単純になるのよ。あなたにはその陰がある。気の毒だわ」

本質を突いた言葉だった。確かに家庭や生い立ちのせいだが、そう言い返しては、自分に責任をもった一人前の人間ではない。それより、〝発想が単純だと言うのは頭が悪いと言われているのと同じなのではないだろうか〟〝もう、賢い人たちに追いつけない〟自分を感じて、賢一の気持ちは暗くなった。

伏見区を東西に流れる疏水のほとりで二人は話しを続けた。これが最後の会話であるかのように松代は賢一に言い残して去った。

「私、誰かと結婚したら、今一緒に住んでる伯母と一緒に住まなきゃならないのよ」

「それだったら、僕も伯父と伯母を引き取らなきゃならない」

「……賢ちゃんは進学なんかやめて、早く働くことね。」不思議と落ち着いた冷たい表情だった。断定するようなその言い方に賢一は衝撃を受けた。説明のつかないわだかまりが心を覆った。別れを自覚した。何だったんだろう、この付き合いは。愛なんてなかったんだろうか。悩みながらも〝松代の下着の中はどんなんだろう〟といやらしい想像もしていた。もっともっと深い関係になっていれば良かったのだろうか。身体がほしいくせに、出来ない根性なしめ。考えてみると、相手が積極的だと、嫌になる。つまり一種のあまのじゃくだ。根本的にはそれが災いしたのだろう。考えているうちに、目の周りが熱くなり血が激しく身体中を駆け巡った。

その夜「別れよう」という手紙を赤いインクで書いて、ポストに入れてすべてはあっけなく終わりを迎えた。彼女は下宿の呼び出し電話には彼女を引き取った伯母が出たが、いつも邪魔くさそうに「何の用事ですか」「もう、松代とは付き合わんで下さい」とばかり言った。その頃になってやっとわかった。〝彼女は僕に合わせてくれていたが、お嬢様なんだ〟ということが。本人と電話が通じたとき「もう富士松代は結婚します。次は年がいって老人になってから懐旧の話ね」と伝えてきた。これが松代の最後の言葉だった。何度も何度も楽しく話したことも、何もかもが消え去っていく。付き合い始めた頃はどんなことでも話すのが楽しかった。やがて、彼女を自分だけのものにしたいと願って暗い気持ちになることが続いた。そして、この別れはもう取り返しのつかない残念となる。とんでもない破局だ。もっと自分がしっかりしていれば……。結局、セックスしたいのに出来なかったというよくあることでしかなかったのか。これでは自分が嫌った父と同じ血が自分に流れているということか。しかし、劣情で結ばれた関係も碌なことにはならないだろう。哀れな恋だった。

やがて、松代は洛都大の左翼学生と交際をはじめた。その男の専門は経済学ではなく、農学らしい。友人の嵯里博が伝えてきた。

「お前に負けないくらいの立派な活動家や。彼の家はブルジョアやが左翼に理解はあるそうや。彼女は幸せそうや。ふふん」

木枯らしの吹く二月の半ば、師団街道で出会った嵯里は困惑する賢一の表情が現れるのを見逃すまいと長身をかがめて鋭く見つめた。彼の目的ははっきりしていた。お前は負けたんだよと認めさせたかったのだろう。こんな男の前で涙でもあふれたところを見られれば、いい噂話になる。「そうか」の一言でともかくこの場に背を向けた。賢一は京阪電車の中書島駅のホームで、その学生と松代が別のプラットホームを歩いているのが見えた。松代は胸に抱えていた何か弁当を包んだような袋を彼氏に渡していた。二人は楽しそうに肯きあっていた。賢一は自分の顔から血の気が引いていくのがわかった。〝別れるべきでない人と別れてしまった〟嫉妬がこみ上げてきた。松代は賢一よりも一周りも二周りも大人の態度を示したわけだ。賢一はその日生まれて初めて、居酒屋の暖簾を思い切って一人でくぐった。お客は中年男ばかりで、みな嘲るような顔つきで賢一を見るので落ち着かなかった。あれほど嫌いだった酔っ払った父の姿、母に毒づくいやらしさ、それについてまわる酒、今はこんな酒場に来ている自分は矛盾しているとは思ったが、今日はどうしても飲んでみたかった。賢一は酒の肴を注文する金もないのでコップ酒だけを三杯あおった。酔いが回って、胸が悪くなってきた。あの一八歳の春に睡眠薬を飲んで昇天寸前になった時のように、自分の脳が遠くへ消えていくような陶酔はなかった。〝その男で本当にいいと言うのか？　二人が三年も付き合ったという年数は全く問題にはならないのか。そうか、生い立ちが似ていることと二人の付き合いの質は関係のない恋だったのだ。それに何がブルジョアだ。たかが小金持ちだろう。室町の家の昔とは違う……。〟〝キスだけで性行為もなかったんだから。本格的な伴侶はまた出てくるだろう〟その日、一一年ぶりに伯母の司津の家へたどり着いた。一人になりたいのに司津と三義のところへ向かってしまった。三義は白内障が悪化して寝込んでいたが「よう来たな」と言ってくれた。酔って目も脚もふらついていた賢一に司津は言った。「そんなに酒に酔うにゃ何かわけがあるな」と。

「いい娘じゃったんじゃろう。逃した魚は大きかったかい。人間は別れがいっぱいよ」司津は若いときに恋と別れを経験したと知っていたから賢一は少し安心があった。それでも、いつもは気にならない司津の言葉も辛かった。その日は司津はわざと他の話題ばかり話していた。翌朝、司津の本棚にあった、女学校時代に使った英和辞典を手にした。表紙の裏に、濃い青のインクで〝ラバー　恋人〟と書いてあった。恋多き青春時代を過ごした司津の書き込みだ。司津は何も気づかず、台所でおかずを作っていた。賢一はこの時にやっと（〝私のラバさん〟の歌の）〝ラバ〟と〝ロバ〟とは同じだと信じ込んでいた自分に気づいた。しかも、恋人を失ったその日だった。〝こりゃ、自分はガキだな。話にならんな〟と苦笑した。

大学生はより難関校の大学生であることが存在と評価の意味だと思い知ったがどうにもならなかった。悶々とした日々が過ぎ去り、誰も当てには出来ない、一人で生きていくしかないと自分を言い聞かせるのに何日も何ヵ月もかかった。

何かの後で、仲間と食事に行くのはつらかった。ほとんどが、中華料理の「天龍」という店か「眠眠」で、皆は天津飯と餃子を注文する。贅沢な奴はビールも飲んでいる。金のない賢一に（もう松代と別れた噂も広がっているのだろう）何人かの女の子が「賢ちゃん、今日は私がおごったげる」と言ってくれた。食べることよりも心が癒されたかったが、貧乏をさらしてご馳走になるのも面目ない。「賢ちゃん、一緒に旅行へ行こうか。嫌なことも忘れて……」と酔っ払って大胆に誘ってくる女性の活動家もいた。日常会話ができる女性は沢山いた。誰かと恋仲になりたいとも思った。だが、チャンスがないままで時間は過ぎていった。これ程時間も金もない生活なら活動などやめてしまって、アルバイトと進学の準備でもする生活ならまだいいだろうなと頭の中をかすめる時もあった。

「経済学は大衆を組織する方針の根本に座っているんだから、世の中の矛盾を抉り出す勉強だ。勉強の方もしっかりやれよ」と励ます声もあった。経済学とはもちろんマルクス経済学だし、それを党の方針に具体化したものこそ価値があるというわけだ。ここには矛盾もある。大学の自治や学問の自由を掲げながら、こういうイデオロギーから離れた研究には〝誤り〟の烙印が押される。高度成長は国も企業も個人も以前よりはるかに豊かにした。しかし、貧富の差や公害などの矛盾も噴出した。この矛盾に焦点を当ててこその研究というわけだ。だから、マルクスを引用しない研究は〝理論的〟とは認められなかった。特に、労働者層の悲惨な実態を暴くようなことが評価された。だから、物価高と賃上げの悪循環の説明を賢一がしても、それは労働運動にインフレーションの原因を求めることになりおかしいと反論された。そして、数学を使うことそのものが近代理論＝ブルジョア経済学などと信じられていた。

しょっちゅう下宿へ訪ねてくる田尾仁が本棚にある敵対するセクトのイデオローグである、トロツキズムの梯明秀や黒田寛一の本、歴史学者の羽仁五郎や井上清、さらには〝ベトナムに平和を〟で有名だった小田実の本を見つけ出した。

「これはろくでもない奴らの本やないか」と本をにらみつけて言った。嫌悪に満ちたそのまなざしは「これが組織で問題になればお前の党内での地位や評価は地に落ちるぞ」ということを意味していたのだ。

賢一はこれから起こることがどんなことになるか予想できたが、自分の意見を述べておくことにした。

「相手の批判をするには、相手の見解を良く知っておくべきだろう」

賢一の言葉をさえぎるように仁は長屋の壁を突き抜けるほどの大声を出して向かってきた。

「相手の批判なら党の文書にいくらでも載っとんがな」

「マルクスだって当時の近代経済学者〝坊主マルサス〟や〝愚物セイ〟と批判した彼らの本を読み込んでこそ、批判したんじゃないのか」

「マルクスさんと自分を一緒にするな！　バカ」

何たる暴言と侮辱。

「そういうことなら、今のケインズ理論は批判できないじゃないか。上級の方針や論文の伝達係か、俺たちは。反論の自由はあるだろう」

「そういうのはもっと偉らなった人がやるこっちゃ。方針に反対か？　よお？　それにお前は他のセクトに甘いという話もあるぞ」話はともかくも賢一を非難する目的に変わっていった。組織へ愛着はあるし、他のセクトも好まない。しかし、危ない議論になっている。

「お前がグランドの椅子のところで、革マルの竹村とよく話してるのは見られとんのじゃ」「とにかく、お前はちょっと演説がうまいだけじゃ」

「よくそれだけ嫌なことばかり言えるな」話は終わった。

高度成長を背景に、キャンパスの中は教室棟や研究室棟の建設が盛んだった。革マル派の竹村平は賢一と二人で話す時、夢のある話をした。「俺はなあ、砂漠の地平線に日が沈むところへ行ってみたい。身長が無限に伸びるからな」と彼の発想は異質だった。

数日後、賢一を外した会議で賢一の役職を解くことで、一応の決着がつけられた。

それからは、大勢の会議の中で賢一が何を話してもかつての友人たちは肯かなかった。まるで申し合わせたかのように……。そして次々と組織の役職が奪われていった。組織は一つ違えば恐ろしいことになる。こんな時、松代でもいればどう言うだろう。ありえないことを考えるのも愚かだなとは思ったが、きっと賢一を批判するだろうなと自分に言い聞かせることにした。それでもまだ、賢一は組織をやめる気はなかった。

孤立の時間に入って、賢一は思った。小柄な少年、親と同居していないわけあり、左翼（嫌悪を含んだアカという言葉もある）というだけでもう人の評価や対応は決まる。おまけに捻くれ者の死にぞこない。こういう場合、人は話を聞いてくれる人を探し仲間集団を維持することで乗り切ろうとするのが普通だろう。ここで、自分というものを持ち続けないと何者でもなくなってしまう。内向きになるのは仕方がないが、研究するなり、教師になるなり、どこにも埋没しないしっかりした自分にならないと一生大した人生にはならないのははっきりしている。

不満は鬱積していたが、自分で前へ進もうという思いが出てきて、少し心は落ち着いた。以前なら、沈み込むだけだったが……。外見では解らないが、賢一の心の中には何かしら信念らしいものが芽生えてきたということだ。

卒業を前にした昭和四五年二月一〇日、恐ろしい事故が起きた。賢一が新聞配達で早朝の伏見区の山手をバイクで駆けていた時のこと。凍てついたアスファルトの道路の出会い頭で二五〇CCのオートバイが横転した。横転の寸前に猛スピードで走ってきたマツダのルーチェのバンパーに右足が激突し、その二本の骨が折れてジーンズを突き破った。道路は折れた傷口から吹き出た血で真っ赤になった。寒さで、流れ出た血から湯気が上がっているのが見えた。向こう脛が折れて、ジーンズと皮のブーツを突き破ったのだ。誰かの〝折れている〟という言葉が聞こえて、賢一は気を失った。

医師の「ジーンズをハサミで切り取って」と言う声で気がついた。激痛がはしった。

「菌が骨髄に達しているかもしれないから、ヨーチンの原液を傷の穴に入れろ。急げ」

「右足は真ん中で完全に折れてぐらぐらですよ」外科の看護婦特有のはっきりした声が聞こえる。〝足はちぎれるのか〟恐ろしい痛さで賢一は一瞬気を失った。看護婦たちは手際よく動いていた。

「患者さん、この右足はちぎれてもいいぐらいグラグラになっています。粉砕骨折と言って一〇センチほど粉々なんですよ。切断するほかないかも知れないですよ。とにかく、今すべき処置はしましたから……」

賢一の頭の中は真っ暗になった。切り裂いた血のりのついたジーンズが捨ててあった。激痛はおさまらなかった。そこはもう地獄の沙汰だった。「あまり、痛みがひどければ麻薬を使いますが」と医者は言ったが、それっきりだった。元霊安室だったその病室はナースコールもなかった。今までの暮らしが変わって賢一は何か安堵した。

伝三と与謝が駆けつけた。メロンを持ってきてくれた。貞は商売が忙しかったから来なかった。

「まあ当分そうしとり」伝三にしてはかなりやさしい言い方だった。与謝はこの時も物静かだった。

「出血が多く貧血らしい。性欲もないし」と、はじめて男っぽい言葉を父に投げてみた。

「当たり前や、大怪我やから」伝三は笑いながら、精一杯の父親らしさを示そうとしていた。

伝三たちが帰ってほどなく、司津と三義がライトバンでやってきた。室町の司津は病院のベッドに右足を固定された賢一に笑顔で近づいてきた。久しぶりの再会に照れるような気持ちの賢一は言った。

「伯母ちゃん、久しぶりやね」

伯母の司津も答えに窮してか、

「そういうことじゃないじゃろう。それより、これはどういうこと？　ひどいじゃないね」と問うた。交通事故のことより、早く積もる話がしたかったが、司津は何か楽しそうにして、病室を片付けていた。そして、賢一の好きなものをもってきたと言って、伸し餅のような玉子焼きを見せてくれた。

「全部たべていい?」と尋ねて、大きな弁当箱ほどの玉子焼きを一個食べてみた。食べ終わって思わず笑みがこぼれた。司津たちは「ほっほっほ、よかった」と笑って帰っていった。五六歳の司津はまだ元気だった。

そして、卒業はしたが就職はない生活に入った。

「家が広けりゃ、伯母ちゃんとこで療養すりゃええんじゃけどねえ。」司津は賢一を俵の家から引き戻し、昔のように賢一と年寄りで暮らしたかったのだ。

三ヵ月後、司津と三義は桂から亀岡へ引っ越した。一反(三〇〇坪)ほどの荒地を買ったので、そこに木造の養鶏場と住宅を建てるという。ただし、三義の素人大工の腕一本でという、まるで西部劇のフロンティアのような意気込みだった。ともかく、土地は資金のない二人を地元の豪農が安く分けてくれたのだ。電気工具がまだ普及していない時代。三義は本当に大工仕事の好きな人だった。夜中でも作業をした。

賢一が退院する頃、友人から相次いで訃報が入った。あの田尾仁が交通事故で、嵯里博が研究登山のさなか心臓発作で亡くなった。憎らしい奴らだったが、わけもなくさみしかった。党組織の人たちはやはり単純さや人間くささのある人が多かった。とにかく、わかりやすかった。しかし、何か取り残された気持ちと孤独が予感された。

賢一は二人の死を手帳に記入して思った。死後の世界のようすは神や仏でなく〝立派な宗教者〟なる人間が描いたものだ。だが、死後の世界を信じたいという人の心はおかしくはない。自然だ。しかし、死ねば何もなくなる。うるさかったあの二人が急に死ぬなんて、だが、何か重しが取れた気もした。どれほどのやり直しができるのかやってみるか、今の力量ではたかが知れているが……。

4　けじめの頃

昭和四五年三月の末のことだ。

「これから腰椎麻酔をして手術に入ります」突然の整形外科医の通告に〝また、何かされるのか〟という不安がよぎった。四月一〇日に退院の予定ではなかったのか。

「脛骨が離れたままですから、患部のレントゲン撮影をしながら引っつけます。そうしないと、歩けるようになれませんので……。切開はしません」〝切開はしない〟という言葉に少し安心して、賢一は担架に乗った。手術室では白衣を着た医師と看護婦に囲まれた。

二ヵ月はめていたギブスははずされた。中からは痩せた右足が現れた。背骨の下部の脊椎の間に太い注射針が打ち込まれ次第に下半身は完全に麻痺していった。

「胸が痛くないですか。言ってくださいよ」

そう言って、医師はレントゲン写真を写しながら、

「やっぱり脛骨がはずれたままになっている。念のため患者の上体を固定して」というので看

護婦が平たい帯のようなもので胸や手をしばった。

少し経って、向こう脛の骨と骨がゴキンゴキンと触れる気味の悪い音が響いた。

「やっと繋がった。もう一度ギブスだ。患者さん、大丈夫です。脚はくっつきます。ついでに、右足だけですがガニマタはなおしておきましたから」

下半身の麻酔が覚めると激痛が走った。向こう脛が飛び出した傷口のところは治療しやすいように、八センチ四方の窓がくりぬいてあった。

賢一の退院は六月にずれこんだ。退院の前日、三名の老人が世間話にやってきた。一人のお婆さんはなぜか、賢一に手を合わせて拝んだ。「病になんか負けたらあきまへんえ」の言葉に送られて、五ヵ月ぶりに病院の小さな風呂に入った。折れた右足は痩せて細く、まだ松葉杖なしでは歩けないので風呂へ入るのは気を遣った。身体をこするといたるところから垢が浮き出し、湯は真っ白く濁った。しかし、最高に快適だった。皮膚は真っ赤になり、体重が減ったような感じで、ふらふらになった。久しぶりに普段着の服を着て、京阪の丹波橋駅から枚方までを往復してみた。賢一は自由に動けるというのはとてもありがたいことだとしみじみと感じた。

貞は賢一が松葉杖をついて家に戻った数日は親切だったが、やがて「皆就職しているのに、情けない」と繰り返した。商売をしていると、いろんな人が来て賢一のことを尋ねたり皮肉を言いに来るのがうんざりなのだろう。

伝三は「賢一の奴、一生仕事のない人生になるのと違うか」とつぶやいていた。

本当は教師になりたかった。できれば僻地の教師に。落ち着いて地道な教育実践をしてみたかった。なのに、困ったことになった。教員への就職は棒に振ることになった。松葉杖をついて、家の近くの吹田市の山田小学校のようすを眺めに行った。体育の授業をしている教師の声が聞こえる。教室からは子供たちの合唱も聞こえてくる。羨ましいばかりの光景だった。

結局、伝三は以前から「いっそ、大学院で経済学をやって大銀行にでも勤めるか」と言っていたがその意見に従ってみることにした。伝三は近代理論を、賢一はマルクス理論を頭に描いていた。〝同床異夢〟の経済学だった。それからは片っ端から本を読む日々が続いた。過去の役に立たなかったノートの白紙の部分を束ねて、読破した本の内容をノートにとりファイルにすることにした。松葉杖なしには歩けないので勉強するしかなかった。まずは、知りたいか知っておくべき世の中の知識があまりにも不足しているので、本のリストを作って片っ端から読み込み、ノートをつけることにした。はじめのうちは家にある自分の本と父の本。経済だけではない、哲学・宗教から数学・社会学・経営学・科学史・文学・英文解釈書と多様な分野にわたる本を連日読み漁るという、大海に船出するような当てのない勉強が始まった。目標を大学院の入試にすることには（入試がことごとく失敗だったため）拒否反応があったからだ。毎日、一〇時間を超える勉強の日が続いた。しかし、賢一にとって知らないことを知っていく知的な喜びが沸き起こってきた。厚さ三センチほどの手書きノートのファイルが二七冊できた。一〇ヵ月たって、自信も出てきた。貞は「こういう勉強が入試前に出来んかったんかねぇ」と苦笑いしたが、息子が何かに夢中になっていることで怒りはしなかった。賢一に対するかなりの諦めもあったのだろう。この期間の読書は賢一の話題を豊富にした。しっかりした人間と話すのが楽しくなってきた。

盆休みの前だった。昔、経済学に力を入れたという伝三が痺れをきらせて「もうマルクスはマスターしとるだろう。来週から四日間、ケインズ理論を一日五時間やるから、この本を予習しておくように」と言った。森川太郎著『ケインズ経済学の基線』という本だった。今日のケインズ理論の解説（*IS–LM* 分析という数理化されたもの）と比べて、ダイナミックな因果関係の説明がしてあった。〝批判するにも相手の理論を研究すべきだ〟と思っていたので、賢一は応じることにした。ケインズ理論にも精緻な理論体系があるというのは驚きだった。そして、賢一に接するのに、これほどまともな伝三の態度には眼を見張った。つまり、ヤクザがかった伝三が経済学に造詣が深いというのも不思議に思えた。伝三が使ったテキストは彼自身が昔、著者からの講義を受けて読み込んで感銘を受けたもので、勉強の跡がうかがえる数冊のノートを座敷机に置いて迫真の説明を開始した。

クーラーなどない時代、伝三の真夏の授業が始まった。ケインズの論理体系がわかりやすく説明された。二人の座布団は一時間もたてば汗でぐっしょり濡れたので、与謝がいつも干したものと交換してくれた。麦茶も出してくれた。照れくさくなるような態度だった。与謝にとっては父と弟が仲良く勉強するなどはとても、ほほえましいことだったのだ。貞も「賢一を立派にしてよ」と明るい声で伝三に言った。伝三は昔のノートを読み返しては説明した。彼の目的は〝マルクスなんぞよりもこのケインズ理論がいかにすばらしいか。不況を克服する普遍の理論だということが理解できれば賢一はまともになる〟と考えたのだ。

高度成長期の当時は国家の不況対策や景気浮揚政策の基礎にあったケインズ経済学が全盛の時代だった。伝三の意図がどうであっても、この勉強会には意味があった。ともかくも、伝三は勉強の世界で賢一に向かうという正論で対峙してきたのである。彼が（仕事をしながら、どうして可能だったのか知らないが）大学院の博士課程で学んだノートも見せてくれた。彼はケインズの原書を読んでいた。頭を下げて教えてもらうことにした。伝三は勉強会が終わると、刺身を肴に熱燗で晩酌して満足げだった。燗をした酒を注ぐ賢一に伝三はおもしろいメッセージを伝えた。

「おお、そうやお前に見せたいものがあるにゃ」と言って自分の本棚のところへ行き、一冊の本を持ってきた。それは戦前のカウツキー著で高畠素之訳の『資本論解説』だった。

本の中はいたるところに伏字の×の印がしてあった。〝搾取〟や〝革命〟の言葉を起こさなければ読めない代物だ。不思議だった。伝三のような保守主義者の手にまでこういう〝危険思想〟の本があったとは驚きだった。伝三は、

「教養のないのは恥ずかしいことや。身につけた学問は一生、役に立つ」とも話した。志賀直哉のような父子の〝和解〟は難しいと賢一は思っていたが、二人を隔てていた壁は少し低くなった。

賢一はマルクス派の人がよくやるような近代理論を無視したり、イデオロギー的立場からする批判よりも、相手の懐に入って、相手のわかる言葉で議論しなければ意味がないのではないかと思うようになっていた。憎しみや先入観を心の奥に据えてする議論や結論が最初から決まっているような議論ではだめだと思ったからだ。二つの経済学は同じ用語でも定義は異なった。たとえば価格。マルクス理論では、過去と現在の労働量で価値の根幹が決まるが、近代理論では主観的な効用価値に基づく需給関係によって決まる。しかし、日本の現実では〝値段〟であって、二つの経済学が使う〝価格〟という言葉の定義そのものが異なっているが。

より本質的な問題は人々が織り成す混沌とした経済の現実の根底にどのような法則性があるかだ。マルクス学者たちは〝必然〟という言葉が好きだ。〝偶然〟を貫く〝必然〟は研究者の集団や大衆が唱道すれば左派のイデオロギーに簡単に転化する。その結晶はすでにマルクスの『資本論』として出来上がってしまっている。しかも、この必然の証明は歴史の審判による。さらに、歴史の審判は民衆が立ち上がって（決起によって）、早く言えば革命によって、力で現実化するほかはない。最後にこの歴史的革命は前衛党によって指導される。

近代理論の法則はこれとはかなり異なっている。経済的現実の変化に対応して、理論を進化させていく。したがって、その理論は常に現実を説明できるものかどうかが検証されなければならない。この検証の方法は計量的に行われる（今日ではコンピュータ）。もちろん、近代理論やその政策がかつてのケインズ的不況対策や今日の市場競争原理のように多くの人によって主導されて、イデオロギー的性格をもつことはある。

二つの経済学は全く異なるルールや戦い方をする異種格闘技のようなことになっているわけだ。だから、これら二つに区分される経済学者は出会えば丁寧な挨拶はするが、相手の論文も読む必要がないと思っているし、口も利かない、没交渉になっている。

経済学で進学（大学院）するには、英語も数学も要る。二度も命の危機を味わったといえば聞こえはいいが、二度も死にそこねた人間だ。賢一は一から独学で進学の準備をする覚悟を決めた。何か希望を手に入れるために。

賢一がいろいろな学問に関心を広げていることに、昔の左翼の友人たちは怪訝な反応をした。〝立場が変わったんじゃないか〟〝組織人の意識はなくなったんじゃないか〟と。しかし、勉強というのはおかしなもので、興味が広がり、知識が増えていけば、いや考えが深まれば面白くなってくる。いろいろなことに関心を広げないと発展はないというのが賢一のモットーだったから、自分のしていることに自信をもてるようになった。誰に強制もされないのに四畳半の勉強部屋は今までとは違う何か生き生きしたものに見えた。しかし、本代や小遣いを母からもらっているようではダメだ。自分で、したい研究をして稼げればこれに越したことはないと思った。入試という言葉そのものには嫌気がさしていたが、覚悟を決めて院試に挑戦することにした。松葉杖なしで、足を引きずって歩けるようになったので、賢一は電車に乗って洛都大学へ向かった。さすがは洛都大学、飾り気はないが、これぞ大学という雰囲気だった。自分にはまだ遠く及ばないアカデミズムの世界だが、あこがれは強くなっていった。

伝三はこの頃、大阪の中小企業団体の役員をしていた。それに似合わぬ立派な服装――彼はダブルを好んで着た――に昭和四〇年代当時、一〇万円は下らない牛皮製のカバンを手にしていた。そして、保守政治家の大物や財界人との付き合いを賢一に話した。

「金持ちの男がする女性へのプレゼントは半端やない。妻の誕生日には四〇歳なら四〇万円、五〇歳なら五〇万円渡す人がいる。年功序列や。フランスの金持ちの真似をして、娘の誕生日には子供の頃から毎年高価な真珠を一粒づつプレゼントする人もおる。成人したときネックレスやブレスレットにするためだ。」

「財界人の多くは二号や三号を抱えることが多い。大阪の金持ちは東京に彼女を持つ人が多い。」

「前野代議士の屋敷は環状線の天満の駅前にある。江戸時代は奉行所の牢屋があったところだ。大体、牢屋やお墓、それに寺の跡で商売すると栄えるという。今の千日前もそうだ。大きな墓地の後だ。逆に神社の後では商売はうまくいかん。前野はうまくやったわ。挨拶に行くと、床の間に六〇センチもある鯛が飾ってあった。一体何ぼ金を持っとるかわからんぐらいや。」

「財界人は地味や、けばけばしくはないし、世間ばなれした人も多い。小金持ちとは違う。急に共産党を誉めたりするしなぁ。」

「巨大企業の社長はそんなに理屈を言わない。うるさいのや知ったかぶりをするのは中の上の社長や。それに大金持ちは珈琲を飲むときは決まって皿を左手に持って、ネクタイなんかにこぼれないようにしとる。」

「大蔵省の応接間は賓客用から下級官吏用まで何種類もある。大蔵は最高の官庁だから、他の省から部長が来ても課長に応対させることすらある。最高の部屋なんかは足首まで絨毯が跳ね返るほどや。」

「この間、詐欺のような知らん人間から事務所に電話があった。〝俵さん、誰も知らないここだけの話ですけど……〟というので〝ああそうか、そんな大事な話、人にしゃべったらあかんで〟と言って電話を切ってやった」と高笑いした。

「事務所へ怪しい男が商品相場の話を持ちかけてきて、うっかり若い職員が応接間に通してしまうもんやから、なかなか帰らんので困った。帰らんのなら、立派な営業妨害の罪が成立する。ここで決め手の言葉はな、賢一、この受け取った名刺、誰に渡すかわからんどお、弁護士か、やくざかはっきり言わんと、ドスの効いた言い方で睨んだるんじゃ。」伝三の相当な変人かと思われるような物の言い方自体が相手に一歩引かせる威力を持っていた。かなりアンダーグランドの世界を覗いてきた人間でないと、これだけの迫力は出てこないと賢一は思った。

自慢話とはわかっていても、賢一は「ほぅ」「ふうん」「はぁ」「うんうん」と擬声音を発して聞き手に徹した。打ち解けてくると伝三は饒舌になった。別世界の話はおもしろかった。経営者として辣腕をふるうべきではなかったかといえる人だった。人は本当に適している仕事につくことは稀なのかもしれない。

「とにかく、俺にはこの肩書きがいかんわ」とも言った。京都で一、二の大金持ちの末っ子に生まれながら、遊んだり、道を外したりし、戦争にも行かず、株で損もし、結婚も三回もしたのに、よくぞ持ち直したといっても叱られはしないだろう。彼の人生の後半期に貞の存在があったことも無視できない。善意で言えば、何か金にあくせくしないような本当のブルジョアの良さのような面を見せていた。

こんな中で室町三義が亡くなった。肺気腫を悔やんでの農薬自殺だった。司津は、

「終戦直後に前の嫁さんとの間に出来た男の子が同じように農薬を飲んで自殺したけぇねぇ。

心に残っとってじゃったんじゃろう」

「新聞に載っとったそうじゃが、貧苦ではのうて病苦と書いてあったらしい」と話した。三義の葬式は祭壇もない、棺桶を畳の上に置いたきわめて質素なものだった。

三義は肺気腫が苦しくなると、「どうせ死んだら木のヘラになる」とよく言っていたが、賢一が「お墓は僕がするから」と言うと咳をしながら笑って聞いてくれていた。

「もし、わしが死んでも、司津の一人ぐらい賢ちゃんが見てくれるよ」とも言っていた。この人も戦争で旧満州へ派遣されていた。騎兵だった。奉天の近くで馬を走らせていたとのこと。満鉄大連号や亜細亜号の一等車での帝国軍人の将校クラスや南満州鉄道の幹部のための豪華な食事。戦前の大連市では日本人がいっぱいで華やかだった様子も語ってくれた。しかし、戦争の悲惨で残酷な体験（それはきっとあったに違いない）のことは一言も口にしなかった。帰国してからは、亡くした息子への想いを賢一に注ぐことで心を落ち着けていたのかもしれない。

三義が亡くなる前年のことだ。与謝の結婚式で人が集まった時、モーニングを着た伝三の兄の太助と三義との会話は滑稽だった。酒に弱い二人は少しの酒を口にして真っ赤になったところで、

「太助さん、あなたは何年のお生まれでしたか?」

「天皇陛下と同じ年ですよ。室町さんは?」

「私は皇后陛下と同じ明治三六年ですわ」

「はっはっは。これは女好き」

おかしな、そしてあまりおもしろいともいえない会話のまわりで、皆が笑っていた。

伝三が一三人兄弟姉妹の末っ子なので、俵家からは多くの出席者があった。その一人の誠は賢一と同い年でしかもおしゃれなので、貞が司津に聞いてみた。

「姉さん、あの誠とうちの賢一はどっちが男前じゃろうか?」

「賢ちゃんよ」

貞はもっと満足しようと、さらに尋ねた。

「どうしてそう言うの?」

「品が違うがね」

大きい声で言わないでほしいのに、姉妹は晴れの席で楽しそうだった。この姉妹にとって華やかな席での談笑はこの一回だけだった。伝三もかわいい娘の結婚に多くの（中小企業の）社長をずらりと招いて得意げだった。しかし、与謝に子供は生まれなかった。

賢一と父の伝三の仲は少しは良くなったが、根本から問題が解決したわけではなかった。

賢一は三都知恵という六歳下の女性と交際を始めた。一皮目のところが松代に似ていたが、性格は淡白だった。賢一と同じ研究会に顔を出していた、阪神教育大学の三年生。いつも小綺麗にした身なりが特徴的だった。きっかけは彼女の関心ある土地問題についての卒業論文作成の相談に賢一がのったことから始まる。

天王寺の喫茶店で待っていた知恵は賢一が入ってくると窓際のテーブルからスッと立って頭を下げた。

「俵さん、経済学の先輩ですから話してください。どうして土地問題にこんな数式が必要なんですか?」

知恵は指導教官から指導を受けたメモノートを繰りながら、賢一を見た。

「何を基準にどのように地価が上下変動するかを見るには数学で明らかにする必要があるからですよ」

「それって、均衡価格ですね」知恵はそれぐらいは知っているというふうにキリッとした眼を動かさなかった。

物わかりの早い人だと賢一は思った。

「数学を使うのはわかりますけど、それで本当に現実が説明できますかね。今地価は上がってばかりですよ」

彼女はいろいろなことを考えていることがわかる。

「確かに数理と現実には距離がある。その距離を埋めるには数理と実証の両方から迫る必要があるね」

知恵は利発そうな顔を賢一に向けながら、賢一の脳みその程度を測ろうとするかのようだった。賢一は彼女の顔が松代に似ているなと思った。しかし、組織に縛られない自由さがある。それと、男のようなあっさりしたところがある。それに、徹底した純潔主義なのにほのかな色気がある。あまり、顔を見つめるのは失礼だし、気恥ずかしいので、彼女が持ってきた本やノートに眼を向けながら話すことにした。

「日本の現実の地価は需給関係では決まっていない、全くの売り手有利の市場ですよ」

「だったら、地価理論や土地理論は必要ないじゃないの！」

まだぎこちない、よそよそしい二人の会話の空気は少し強い彼女の語調で、くだけていくことになった。一瞬でなごんだ雰囲気にしてしまう大阪弁のよさだ。

「必要なんだよ。日本の土地市場の現実がいかに偏ったものになっているかを示すにも理論が必要だよ。でないと、単なる現状の解説か自己満足的な現状への批判でしかないわけだわ」

彼女はかすかに肯きながら、眼を細めて言った。

「でも、理論にもいろいろあるでしょ？　何を基準に勉強するのがいいです？」

「まずは、君の関心ある土地問題の実際を知ることや。資料をあさるべきだ。そして、現実のひどさだけに留まらず、何が根本に動いている習性か法則かを探る気持ちになったらしめたものや。理論のなんのといっても、すべて人間の産物だ。理論家の方法や結論への好みが介在せざるをえないね。」

「つまり、数学モデルが客観的とは断定できないということですか？」

「そういうことです。数学は分析に役立ち、何かを発見できるなら使えばいい。しかし、結局はその経済学者がもつ世の中を見る眼、センスが理論をしからしめると言ったほうがいいやろね。」

「俵さんのセンスは主流派経済学に対して批判的ね、私も多数迎合主義は好かないけれど。批判的研究者になるつもり？」賢一はボールペンを振りながら、彼女は少しは自分に好意を持ってくれているのかなと思った。

「研究というには批判的視角が必要ですからね」賢一はそこまでしかいえない自分の気弱さを恥じた。また、富士松代との破局のような不幸の再来を避けたかった。だが、三都知恵は言った。

「どうしても聞きたいですね。どうして組織から離れたのですか。本当の理由を聞かせてください」三都知恵は厳しい（というよりもシャープなと言った方がいいだろう）表情で問いかけた。賢一にはむしろその率直さが心地よく感じられた。彼女の顔を見ながら話した。

「組織の人は内部の秘密を保持しなければならない。他人のプライバシーを調べたり、組織内の世界として事前の打ち合わせをする。だから秘密主義やセクト的に、もっと言えば陰険になる。それが嫌だったんだ。それと僕が活動するなら職業革命家だった。しかし、その自信はなかったということだ。」知恵は黙って聞いていた。

それから、二人は自然と自分たちや生い立ちの話を始めた。何でも、彼女の家は六人家族で、両親とおばあさん、妹と父親の甥っ子がいた。

「両親は共稼ぎです。学歴はないし、貧乏ですけど、とっても温かい家なんです。お父さんは孤児の甥っ子も一緒に住まわせて、皆〝兄ちゃん〟と呼ぶしねぇ。」夢のような羨ましい魅力的な話だった。

貧しいというが、表情に品があった。そして、日本人には珍しいほどの高い鼻柱が顔にアクセントを付けていた。

賢一にとっては羨ましいばかりの家庭だ。

「私は生まれた時から、ずっと家族や友だちに囲まれて育ってきました。そんなに心のつながりがあったわけでもないけれど……。むしろ、孤独の中でものを考えてきた俵さんの今までには深いものがあると信じています。」

こういう誉められ方もあるのかと賢一は嬉しくなった。そして、〝努力は必ず報われる。悪いことをする者は必ず罰を受ける〟と日本の民衆道徳のようなモットーを繰り返した。

しかし、知恵はまだ話を続けた。

「俵さん、今までにきっと誰か付き合っていた人がいたと思う。知りたいけど、知りたくない」

知恵はこれほどの人間はいないというほどの潔癖さで「結婚するまでは、純潔を守り抜こうと思ってきました。私はほかに値打ちのあるものは何も持ってないから」とさらりと言った。そして、きりっとして固かった。手を握ろうなんてとても言い出せない相手だった。しかし、会話と彼女のファッションは賢一を退屈させなかった。

天王寺駅から寺田町駅にかけての喫茶店はほとんど二人で回った。あるときは文学談義になった。秋空の広がる頃、三都知恵は紫色のマントのようなものを羽織っていた。いつものジーンズにジージャンというスポーティな服装とは全く違っていた。お洒落な感じだった。しかし、いつも両肩にパッドを入れて肩を怒らせていた。つまり、高い鼻と張った肩が特徴だった。そして、薄化粧がよく似合っていた。手には「サイモンとガーファンクル」の買ってきたばかりのレコードを持って、知恵は天王寺駅前の喫茶英国屋へ入ってきた。張り切った様子で切り出した。

「俵さん、今日はどうしても文学の話がしたいんです」

予告なしにテーマを投げかけられて、賢一は困ったが、彼女のファッションが眼を楽しませてくれた。彼女はデパートのマネキン人形が来ているようなシャレた緑色のパンタロン姿で喫茶店の椅子に腰掛けてた。（家が金持ちでないからか彼女の人柄か）ともかくうまくお洒落をしているのが、賢一には魅力的だった。こういう庶民のオシャレはいいなと。何時までも、姓で呼んでばかりで、なかなか〝賢一さん〟とは呼んでくれなかった。生真面目さがかなり染み付いた人だった。

「私があこがれたのは自分には書けないような（小説を超えた）純文学の世界でしたよ。特に、太宰治の『人間失格』・柴田翔の『されどわれらが日々――』・高橋和巳の『悲の器』・水上勉の『那智滝情死考』が良かったです。」

今日の彼女は文学の話題にしぼってきたんだなと賢一は思った。今日は聞き役に徹しようと思った。

「今でも小説を書きたい私の背中を押してくれたり、ああ、とても彼らには辿りつけないという心地よい羨望を起こしたりしました。柴田や高橋が左翼に限りなく接近していたのは明らかですが、太宰治が若き時代にプロレタリア文学にのめり込んでいたのを知ったときは胸が躍りましたよ。その上、太宰が芥川龍之介にもあこがれていたこともズキンときました。つながっていると……。それと、不幸な生い立ちの水上勉や五木寛之の作品はすばらしいと思う。もう、読む前からのめり込む感じなんです。」

彼女は作家の名前に敬称を付けなかったが、それは不自然な感じはしない流暢な言い方だっ

た。賢一には彼女の文学知識の豊富さが滲み出たような気がした。話の最後に知恵は、

「ここまでは俵さんのことが理解できました（多分に感情的に）」と言いながら、ここまではわかってくれているのかという表情で賢一の顔を覗き込んだ。

「今どき、学生たちは各国の国民文学も読まなくなったのに、それだけ文学が好きとは本当に見上げたものです。さっきのデカダンスでダダイズムのまま、左翼にも親近感をもったわけだ。」

「そうですよ。でも、私はプロレタリア文学にはのめり込めないし、周りのだれとも文学評論はしませんでした。ただ、松本清張の推理小説はシャープな社会派で、読んでいる人もいたけど、そういう人はしっかりした考えの人やった」少し大阪弁がまじっての話し方になった。打ち解けてきた感じだ。そして、賢一は知恵を好きになろうとしている自分を感じた。

「わかるよ。三都さんは組織と無縁でこそ自由に考えたり、動いたりしてきた。よかったね」

「俵さんは？」三都知恵は七三に構えた姿勢で賢一を見て尋ねた。

「文学や芸術は科学とは違うかたちでの人間の創作活動だと思うよ。伊藤整は『チャタレー夫人の恋人』の裁判なんかで、彼を何かいやらしくとらえる向きもあるけど、彼の日本の近代文学への評論は冴えわたっていると思うな。それに、組織の中枢から離れるといろいろな情報をあるがままに受け止められるし、自由な発想ができるんだ。」

「とても左翼の人とは思えない話やわ。それで、最近読んでよかったのは何」

「芝木好子の『慕情の旅』と阿部昭の『大いなる日』だった。どちらも戦後の時代背景が馴染めるし、心理描写がいい。文章も硬くなく軟らかくなくだよ」

「趣味としての文学はわかったわ。それでこれからどうするわけ」

「僕はいろんな矛盾を抱えながら、自分は非力なんだから、歯車の一つになって、思い切り、何かに貢献しようと二四時間のすべてをささげたのが、大学生時代の生活だった（おまけに赤貧がつく）。しかし、学生時代と違って、一生を職業革命家としてはやっていけるほど自分を捨てきれないこともよくわかっていた。何年も集団の中ではやっていけない。その上、交通事故や就職の失敗、さらに進学の挫折で傷ついて、今日の道をやっていくことになった。最も憎み嫌った父が薦めた道へ。研究者の道へ……。そして今に至っています」

この〝今に至っています〟のと言う時〝過去の恋愛の失敗もあって、今君と出会いました〟と言っておくべきだったが、きちんとした雰囲気を崩さない知恵を前にして、何かおこがましいような気がして、過去のことは話さなかった。彼女も深く尋ねなかった。賢一の本能的な条件反射なのかもしれない。その話の後、彼女は冷静に言った。「私が支えますわ。なんとかしましょうよ。必ず、経済学者になってね」と、キリッとして言った。これは明らかに二人で人生を歩もうという知恵から賢一へのメッセージに違いなかった。富士松代のように捨てる神もあれば、三都知恵のように拾う神もあるということか。

三都知恵がポルトガル・ギターのコンサートがあるから行こうと誘ってきた。

「普通のギターとは違うみたい」というので、賢一も行ってみることにした。演奏者は琵琶のようなその楽器を抱えて説明してくれた。

「このポルトガル・ギターとギターは仕組みも音もカンガルーと鼠ほども違います」と。歌はなかったが、演奏は叙情を誘った。曲は〝夕焼け空のリスボン〟〝フリエラの祭〟〝ノスタルジア〟だった。こういう地方に根付いた古い曲は賢一を興奮させる。曲を聴きながら訳もなく物悲しくなる。少年時代の京都の郊外が彼の原点になっているということなのか、先祖の広島の山奥の小奴可村が心を呼び覚ますのか、心地よい興奮だった。自分より高級な地位にありながら室町の先祖は音楽を楽しむこともなかった。一筋の涙が頬を伝った。知恵はそれに気づいて、コンサートの帰り道で言った。

「俵さんって、純情ね。かわいいですわ。」賢一が始めて知恵から聞く、照れる言葉だった。

二人は次第に打ち解けていった。

「次の日曜日、私の家へ遊びに来て。両親に紹介したいの」と言われた。昭和四八年の夏。南河内の大きな狭山池のそばの農家だった。浴衣で身を包んだ彼女の姿はまったく大人のようすだった。六歳下なのに、それに色気もない人なのに、彼女の方がどう見ても大人に思えた。見とれる賢一に彼女は言った。そして、知恵はこの南河内の農村で、小説を読みふけったり、勉強したりしたんだなと彼女とその妹の勉強部屋を見つめた。

「家へよんで、あなたと会うということは両親は二人の仲をほとんど認めてくれていることなんや」知恵の言葉に賢一は感動した。

「俵はん、うちの知恵ちゃんを幸せにしたってや。俺らは〝でしゃ〟（おせっかいの意の河内弁）は言わんから」知恵の父三都金剛の顔は高い鼻と細い眼が知恵とそっくりだった。その言葉の通りに金剛は賢一に一切注文を付けなかった。きっぱりしていた。三都知恵の家族の素朴さは賢一にとって今まで知らないタイプの人たちだった。珍しかったし気楽さが良かった。だが、機微に触れる話や教養の世界とは無縁なところが気にはなった。心配はあったが、知恵以上の女性とめぐり合えることもないだろうと賢一は思った。

数日後、賢一は知恵に言ってみた。

「恋人なのに、肌も触れ合わないなんて極端すぎる」いろんな男の友だちからも〝遅すぎるぞ〟〝今時流行らんぞ〟〝相手は待つとんのがわからんのか〟〝何をしとるにゃ〟と言われてきたこともあった。知恵は自分の恋愛観を述べた。

「私も燃えるような恋がしたい。でも、心の結びつきはキスで十分確かめられると思うのよ。でも、男の人の性欲はそれ以上のことを求める。由紀さおりの歌のように〝男の人は誰でもみな、愛の世界と別の世界、もっているのね……〟よ。セックスになると心がどこかへ飛んでいくような気がするわ。」

確かに、男性は〝セックスしたい〟という願望を〝好きだ〟という言葉に都合よく言い換えてしまうことが多い。二つの言葉は時として多くのことで重なるが、前者の気持ちばかりで〝好き〟ということも十分ありうる。知恵は困った表情を下に向けて続けた。

「私それに、怖い……」

「……それだけ、しっかりしていて怖いとは。本当に純潔主義だ。君の思いに答えよう。僕も結婚まで待つよ」どうにもこうにも、賢一はそう答えるしかなかった。だが、潔癖主義の知恵は手を握ることとさえ拒んだ。美しい顔をしていて、性欲のようなものは極めて少ないこの女性となぜか離れる気がしなかった。

「わかった。私が頑固で悪かった。それなら、はよ結婚しましょ」

「えっ」賢一はやっと自分も人並みに結婚できることがうれしかった。

それで二人は結婚の準備を急いだ。やっとのことだった。

そして、三ヵ月後に二人は結婚することになった。俵伝三は結婚式を家と家の結婚ととらえていたし、当時の左翼学生がするような会費制結婚式には強く反対した。結婚式と葬式を見ればその村その家その人の考え方がわかるというのは本当だ。二人の出席者の多くは伝三の友人の社長で固め、本人たちの友人は限られるべきだとした。各所から受け取った祝儀金は本人には渡さず、結納金や披露宴の費用に当てるという。出席者の多くに賢一の友人が入ることになると、披露宴にかかる費用を節約すべきだと厳しく主張してきた。いずれのことも、賢一との考え方の差の大きさ、いや、賢一のすることを好まない伝三の心の奥底があらわれてきた。父子の仲はやはり良くなかったのだ。その根本には二人の抜き差しがたい思想的な対立があるのも感じた。賢一が矛盾を感じたのは、披露宴の費用を賢一に対してはきびしく節約を主張しながら、知恵の両親との打ち合わせでは、にこにこと手のひらを返したように、財布の紐を緩めたことだ。顔つき自体も同じ人間の顔とは思えないほどの豹変ぶりだった。結婚の準備とはかくも疲れるものか、結婚後が思いやられた。結婚が本人だけの夢のような出来事だとは思わなかったが……。

知恵は「ええやない。結婚できるんやから」と淡々としていた。いつもの純情な顔だった。そうか、そう言えば知恵の言うとおりだ。父子でいろいろなことにこだわるのもおかしなことだ。確かにそう考えればいいのだが……、気を取り直して賢一は友人の出席メンバーのことを除いて伝三の意見を全てのむことにした。披露宴が左翼の演説会にでもなると伝三は誤解したのかもしれないが、何も異変はなく宴は終了した。

知恵は室町司津が同居することも納得してくれた。知恵はあっさりしていた。これが河内の気風なら、河内とは本当にいいところだなと賢一は思った。人は河内というと荒っぽい言葉の土地だという先入観があるが河内よりも、はるかに荒っぽい言葉遣いは泉州の辺りだ。そして、河内の人たちの気性は素朴で率直だ。大阪の北部に比べると柄は悪い。同じ大阪でも、賢一が暮らしてきた北大阪の方は大阪らしさが薄い地域といえる。

貞は知恵と薬局で話した後、「知恵ちゃんは処女やね。姉さん！」と必要もないところに力を込めて言った。司津は〝どうしたのこの妹は〟という表情で「当たり前じゃがな」と答えていた。司津と貞は全く違う性格でありながら、子供の頃から不思議と大喧嘩しない仲だった。共に、室町の家の没落を見てきたという、説明不要の了解があったからだ。賢一は司津と過ごした子供の頃が懐かしかった。思い出せば元気になった。だが、貞が母としての意識を強くしたのとは違い、司津の方はさほど責任のないことから来る優しさではなかったのか。司津と貞、二人の姉妹に思いを馳せる賢一だった。しかし、三都知恵には賢一の複雑な家庭事情は知ってくれても、松代のような心情的な理解は無理だと思えた。

「知恵ちゃん、ご両親はあんたを手放したくなかったやろうね。小中学校を首席で通して、一流高校へ合格した。村でも評判だったとスピーチがあったやないの。」丸い大きな眼の貞はその顔を笑いで包んで、対照的に細い眼と絶壁のような鼻をした（それだけではない、知恵の身長は賢一よりも高かったから、貞とは一〇センチほどの差があった）知恵に言った。二人は〝実家は貧しかったが勉強に精をだした〟ことで親近感がわいたのだろう。

「賢一が入試には失敗ばかりしたのは知っている？」

「ええ。でも、今は頑張っているから……」

「そう。生まれてからいろんな経緯があってね。あんた、あの子を助けてやってくれる？」

「そのつもりで、お嫁に来ましたから」

「私の姉も一緒でごめんね」

「すべて、わかってますから」

「本当？　うれしい！」

一気に感情の高ぶる貞は知恵の手を思い切り握りしめながら涙をこぼした。知恵も信念の塊のような貞が評価してくれるのはうれしかったようだ。貞は知恵の手に、与謝にはわからないように、万札を数枚握らせた。知恵は貞の激しい反応に泣した。〝この人はこういう形で私に好意を示してくれているのだ〞と感じたのだろう。男には入りにくい女同士の仲だった。

伯母の司津は両親も夫も亡くなり、身寄りがなかった。賢一と知恵は司津を引き取って、三人の家庭を始めた。司津は養鶏からも解放されて、やっと落ち着いたようだった。俵の両親宅から自転車で一〇分ほどの小さな3ＬＤＫの中古の一戸建を値切って買った。もともとは、室町の先祖が暮らしていたような農家の大きな古屋が（廃屋でもいいから）ほしかったが、そういう出物はなかった。独身時代と違って、家庭を持つのは用事が増えることや近所や親戚に気を使うことも多かった。所帯を持つということは、こういう雑事をこなすことなのかと賢一夫婦は思った。そして、結婚すると生活に思いもよらないお金が必要なことに気づいた。

知恵は賢一が独身時代と同じ雰囲気で書斎を作っていくのを見て言った。

「賢一さん、これじゃ暗いわフォージュロンみたい」

「なんだよそれ」

「フランス語で船底という意味よ。明るくいきましょ」知恵も楽しそうだった。

それもこれも、賢一にとっては解放感に溢れた楽しいものだった。小学校の教師をしている知恵にとって、司津が毎日用意する夕食は楽しみだった。家庭によって味は違うし、今まで口にしなかった大きな玉子焼き、シチューや鶏肉をケチャップと醤油であえたもの、マグロのやまかけなどは彼女の好物になっていった。賢一だけが特別のおかずを食べることはなかった。賢一にはそれが望むところだった。そして、やがて賢一と知恵は三人の子宝に恵まれた。賢一にとって子供はかわいくて仕方なかった。忙しい知恵はおしめの洗濯も食事の世話も散歩も喜んでした。六人家族だから年に六回、司津と知恵は赤飯を炊いた。赤飯といっしょに、知恵が作った、カレー味のするから揚げがいつも大きな皿に盛られていた。「こういう何気ない家族のつながりを大切にしたいわ」と知恵はいつも言っていた。結婚するまでは、知恵も賢一も自分たちの家で誰かの誕生日を祝うようなことはなかったから。

5 京言葉

昭和五八年の六月三〇日のことだ。体調の良くない伝三が職場近くの病院から、森之宮の成人病センターへの紹介状を持って帰ってきた。

「どうも、胸の様子がおかしいので、会社の近くの病院へ行ってきた」

何時になく弱気の伝三に貞が尋ねた。

「その紹介状を見せてよ」封もしていない紹介状だった。

夫婦喧嘩は激しかったが、三八年も夫婦という関係を続けてきた仲だ。心配している様子だ。

「これ。ルンゲン・クレープスと書いてある。あんたこれ肺がんやないの」

不幸にも、貞にはこのドイツ語が読めた。

「まさか?……そういうことは医者から聞かなかったぞ」伝三の顔からは血の気が引いた。

貞は「胸がむかつく時があるか。痰に血は混じってないか」

と矢継ぎ早に尋ねた。

「血痰が出ている」

その会話の直後、貞は胸を抱えて苦しみだした。心筋梗塞だ。救急車が来た。病院へ搬送された時には顔から血の気が引いてしまっていた。あまりにも急に貞は亡くなった。病身の夫の伝三も、賢一よりもはるかに長く暮らした（血は続いていないが）与謝も、姉の司津も、うまのあった嫁の知恵も、そして賢一も、みな各人各様の悲しい思いで貞の遺体を囲んだ。

ところが、伝三の葬式が終わり参列し仕上げの食事をした人たちが帰ると、与謝は待っていたかのように伝三の深い湯飲み茶碗に冷酒を入れて、二杯をがぶ飲みした。彼女の口の周りが酒で濡れていた。司津は「そんな飲み方をしちゃいけんわ」とたしなめたが、まだ酔いが回っていないはずなのに与謝はしゃべり始めた。

与謝は「うるさいわね。部外者が」と本心をむき出しにしてきた。司津は黙った。さらに、貞のことも呼び捨てにして言った。

「あの貞は継母や。大嫌いや」と。

「お姉さん、あんた賢一さんよりお母さんの仕草や考え方がそっくりやのに……、何でそんな嫌な人の薬局に勤め続けたん」知恵が問うた。

「あんた何や。神経衰弱の働けない夫をかかえたから仕方がなかったんや。幸せなお知恵さんに何がわかるんや」知恵は聞き捨てならないとばかり、形相を変えて言った。

「貞母さんも義姉さんのために苦労した。遠慮した。だから続いてきたんでしょ」牙をむいた嫁と小姑の容赦ない喧嘩だった。

思えば貞と賢一は実の母子でありながら、近くの長屋に住むことはあっても、ついに一日も同じ屋根の下では暮らすことはなかった。母の死を間近にして、賢一の心は動揺した。いつも、死は突然訪れる。残された者は悲しむ。人間の歴史の中で何千億回も繰り返されてきたことだろう。今回のことでは病院の紹介状は密封すべきだったろうにという恨みは残るが。

その二ヵ月後には、伝三が肺がんで亡くなった。

「こんなに、近づいた日に続いて亡くならはるというのは、お父さんもお母さんも、結局仲が良かったということやわ」知恵はそう言った。伝三はうすうす自分の病状を知っていたようだ。手術も不可能な手遅れの肺がんだったが、いざ入院の前日に散髪に行った。散髪にはそれまでも月に二回行くオシャレな人らしいことだった。

大店の末っ子に生まれ、戦争にも行かず、大学入試もうまくいかず、三度の結婚と本人としては辛い人生だったろう。ただ、貞との結婚以後はかなり真面目になった。その転換を支えたのは仏教と思えた。伝三は経済学の書物とともに、『大蔵経《だいぞうきょう》』全巻などの仏教の本を残した。

いずれの葬儀も与謝の強い意向で、出来るだけ金をかけた葬儀にすることになってしまった。

二回の葬式で六〇〇万円が費消された。賢一に金を残すのは好ましくないと思ったのだろうか。祭壇は棚の中からライトで蓮の絵が咲き乱れるようにしてあった。会場の入口には本物の水車に近いような直径一メートルのものが回っていた。霊柩車は当時大阪で一台しかないという屋根が二段になったもの。派手好きだった伝三にはふさわしい構えだった。与謝は後に相続する金は必要ないと言わんばかりで自分の意見を押し通した。さらに、二ヵ月後、

「まさか、妹が先に死ぬとは思わなんだ。そして、伝三さんまで亡くなって……」と賢一と同居していた司津はさみしそうだった。急に冷え込んだ昭和五八年一〇月の下旬、司津は賢一の三番目の赤ん坊に離乳食を食べさせながら、急に前のめりに倒れた。三人の幼い子供たちと知恵は「伯母ちゃん。どうしたの」と泣き叫んだ。この家族の声を耳にして、司津は意識を失った。脳溢血だった。没落旧家を背負って生き抜いた司津はこの瞬間に何を思っただろうか。

「あかん。普通の病院ではあかん。伯母ちゃんの命がもたんわ。吹田市の救命救急センターへ向かってもらおう。室町の家のために戸籍の手続きをするなら今日の一瞬しかないよ」知恵は気丈に言った。まさに、そのとおりだ。司津が死んでしまうと、室町の戸籍は消えてしまう。人工呼吸器で生きている今しかないということだ。別に、跡継ぎなどという古臭い考え方はない。しかし、ともかく子供の頃から頼まれた二軒の家を背負う他はない。また大変なことになるのは覚悟して……。

賢一の妻知恵は落ち着いていた。知恵はすべてのいきさつを理解していてたから。話は早い。賢一は迷うことなく市役所で賢一と知恵、末っ子の真の戸籍を俵から室町へ移した。この司津の命日の一日だけがかろうじて、賢一が養子になり生きて親子になりえた日だった。司津は脳死状態だったが……。京都花園の室町家あの借家での悲しい別れの時の約束はこういう形で果たすことになった。

五ヵ月の間に、三人の葬式をすることになり、すべての様子が変わってしまった。晩年は三人の孫たちをかわいがった伝三も貞も司津ももうこの世にはいない。一度に亡くなった三人とは人間関係の点で影響を受けることは実に多かった。人の命とはなんとはかないものだろう。ともに喧嘩したことも、笑いあったことも……何もが消えていく。しかし、人の死が身近なものでなければ人は浅ましく〝焼香順がどうの〟〝香典返しの品物がどうの〟〝財産分けはどうする〟のと平然と言ってのける。

「そういうものよ。頑張って幸せな家庭を作りましょうよ。あんたを支えたげるわ。お母さんとの約束やし。私は亡くなった三人の仏さんのお世話は毎日するから、まかせときいな。これからは、あなたは室町賢一君よ。」知恵はあっさりと、しかし、この場で夫に言うべきことを言った。知恵は本当に心の強い人なのだろうか、無理していつもこういう風に振舞えるのだろうか？そのことについて考える心の余裕はなかった。気分転換の遅い賢一に〝時代は変わったのよ、賢一さんが舞台に出て演ずる番よ、早く気持ちを切り替えて〟と言いたかったのだろう。親がいなくなって初めて、賢一は義務の責任のということを感じざるをえなかった。

しかし、賢一は母が亡くなる一ヵ月ほど前にした話を思い出してみた。死を暗示させるような話だった。

「ひとつ聞きたいけど、死後の世界は有ると思うか無いと思うか？ どうか」いろいろなことにいっぱしの意見を言う俵貞からの返答がほしかったからだ。

「はっきり言って、ないと思うね」貞らしい断言だ。

「ただ、死んでから粗末にされるのはいかんわ」

確かに、何人もの骨拾いに焼き場へ行ったが、高熱の鉄板の上のお骨を前にしたときには、不思議と泣いている人がいない。出棺の時や棺桶を焼き場へ送る時、人はよく涙するが。熱の冷めていないお骨の様子は人を落ち着かせ、現実を目の当たりにするからだろうか。そういえば、場末の酒場で焼き場で仕事をする人と話したが、近頃の遺体は現代人が保冷剤の入った冷凍食品を多く食べるようになったことで腐りにくいし、老人の場合は医薬品の影響でカルシウムが分解して粉のようになったお骨が多いという。昔々は木を燃やして荼毘にふしたので、遺体を焼く臭いはかなりのものだったと聞く。死の様子も時代とともに変わってきたわけだ。ともかくも、人の死後の世界はないだろう。ないというのは、しかしイメージがないわけで、昔の人の方がイメージははるかに豊かだったなと賢一は思った。

これとは違って、俵伝三や室町司津、文、三義はみんな家の墓の管理のことが気にかかるようだった。お葬式や法事の時だけ顔をあわせる各宗派の僧は法話を語ることもなく、宗教者らしくもなく、現代人の実感からも遠いままで用事を済ませる。高尚さもなければ、人情もない。


「いいじゃないか、死んでもらって」と言う友人もいた。そういう面もないではなかった。「室町の財産が入ったな」という人もいた。借金はもうなかったが、財産は何一つなかったのに。

この三人が生きている間はそれなりに苦労もしたが、賢一は子供の気分で頼ることもできた。異なる個性のぶつかり合う、生き様をまじかに鑑賞することもできた。映画やドラマ以上の喜怒哀楽の凄まじいものだった。それは人の心の裏面を考えることにもなった。得がたい体験とも言える。こういう言い方をしては三人の仏様は怒るだろう。これからは知恵以外に頼れる相手はいない。知恵は河内の女性らしく、そして貧しさをまじめに乗り越えてきた自信もあったのだろう。今まで賢一の周りにはこういうタイプの女性はいなかった。しかし、賢一にとっては甘えにくい淡白さを彼女はもっていた。ともかくも、賢一は心の中で〝この人が最高だ〟と自分に言い聞かせていた。

賢一と知恵の家庭は子供の教育のことで、よく話をした。うまが合った。おかしな育ち方をした賢一から出る意見に知恵は〝とても参考になる〟〝平凡な私には出てこない発想ね〟と認めた。賢一も、子供時代の彼女の勉強ぶりは是非子供の教育に生かしてほしいと願っていた。知恵は小学校の教師をしたが、三人の死を機会に家庭のことや子供のことに没頭すると言って退職してしまった。性格もいい、賢い子に育てるにはと夢を描いて、年に三回は遠出の家族旅行や日帰りの見学を毎月のようにした。賢一の安月給をはたいて、ボーナスをはたいての旅行だ。金のかかる観光旅行ではなく、地味な節約のなかでの旅をめざした。目的は子供がいろいろなことに関心を広げることこそ、性格も学力も両方得ることが子育ての大切な基礎だと二人は思っていたからだ。そして、畳一畳ほどのホワイトボードを舞台に勉強や雑談が盛り上がった。テストで悪い点を取ったときは問題を指摘して、嫌味は言わないことなどなど。夫婦とも、組織に束縛されないからこそ気持ちを集中できた。賢一の長女の良は小学二年生だった。室町の仏壇に手紙を入れていたので賢一と知恵は読んでみた。「天国のおばちゃんへ、お元気ですか。良はせも高くなりました。こんど家族でおきなわへりょこうにいきます。はじめてひこうきにのります。良もまどから手をふるから、おばちゃんもお空の中から出てきて手をふってね」と書いてあった。「大人はとてもこれほど純心にはなれないね」と知恵は言った。

係累のない室町と違って、俵の一族の中にはこの賢一の戸籍の移動にはっきりと嫌味を言う人も出てきた。三年後の母屋の法事でのことだ。俵一族ばかりの参列者の前で、「では皆さん、これから自己紹介をしてもらいましょう」と従兄弟の一人が言った。何度もいろいろな法事でお互い顔を合わせているのに、今更自己紹介とは……、これは見え透いた仕掛けだった。賢一が戸籍を変えたので、どういう顔をして、どう言うかを万座の前で晒したかったのだろう。とっさに考えた。横に座っている義姉の与謝の挨拶が終わったので、「今紹介されました与謝さんの弟の賢一です。事情があって母方の室町の姓に変えております」と。与謝は黙って何度も肯いてくれていた。誰もが賢一の言葉とともに与謝の態度を見ていた。与謝はこの場のような、狭い了見からいじめる仕掛けを何度も見てきたし、自分もそんな目にあったのだろう。彼女は彼女で生まれたときから辛酸をなめた苦労人だから、この修羅場を賢一が自分の力で乗り切ればいい、それで私には異存はないという肯きだと賢一は受け取った。いじめる心が出てくるのは明らかに多数の味方を意識している場合、その上いじめられる方が孤立し困惑が露になるにつれて激しくなる。そして、いじめる人の表情にはわずかな（性悪説が顔をのぞかせたような）笑みがこぼれる。どこでもいつでも同じだ。貞への侮辱と嫌悪を賢一に移してきたようだ

誰もが賢一の三人の子がともかくも順調に育っていることや大阪の俵の家は彼の長男純が継いで行く事になっているのは知っていたから、指一本指されることはないと思っていた。賢一がうろたえることもなく、ケチをつける隙も与えなかったためだろう、突然、酔った別の従兄弟が立ち上がって「大阪の人は信心が少ない」と大声で叫んだ。その場では賢一と与謝だけが大阪人で

他は皆が京都人だった。与謝に対しては皆がその身の上に同情していた。その場の空気を読んで利害が一致する言葉で賢一を遠巻きに締め上げようという魂胆は明らかだった。聞き逃せないので、賢一は一言反撃しておくことにした。本当は大阪弁で「阿呆か」と言いたかったが、お行儀のよい京都人ばかりなので、落ち着いて言うべきことを言うことにした。

「ここでは、大阪の人間は私だけです。そう言われないだけのことはしております」と。

京都の〝いけず〟とはこういうことだ。大商家の若嫁でも、食事は残り物を食べさせられ、つまり〝京の立ち茶漬け〟を毎日繰り返され、栄養失調で死んでしまう。そうして、亡くなっても、「あの人は身体が弱かったから」「ご本人が問題やさかい」などと他人事のように言ってのけるのが一つの風習だ。

同じ節約でも大阪の商家は違う。親方と番頭・丁稚の食事の場は同じところか近くだ。そして、皆が似たものを食べ、使用人が一人増えれば全部を細かく割って（元の食材の量は変わらないようにして）分ける。どちらがいいとも言えないが、間違いなしに大阪の人はそういう節約と人間らしさを誇る。大阪の人はストレートにものを言う。それは武士が殆ど居らず、町人の支配が許されていたからだ。

刀を腰にさした侍が闊歩していたお江戸とは違う。京都は全国支配の中心の場所で、次々と権力者が交代して入ってくるので、〝過去のことは何も言わない〟考えている事とする事、言う事は使い分けてこその場所なのだ。したがって、京都のルールが守られなければならない。行儀は当然のことだ。形式が内容を規定する社会だ。

大阪人は〝中身がなんぼ〟が大切で、内容が形式を規定する（決める）社会だ。全く異なる。京都の人たちのこうした使い分けを賢いと言うことも十分出来る。しかし、今は権力者もいないのにそういう風習だけが残ることになっている。大阪人も経済の実力は江戸時代から比べて東京には大きく水を開けられているのに、東京への対抗心だけはむき出しにする。そして、東京へ行けば方言を矯正しないことだけが今も大阪人特有の習慣として残っている。しかし、京阪神には共通点やつながりも多い。正月の雑煮はこの地域だけが丸い餅を入れた白味噌雑煮だし、お葬式では白黒の花輪でなく樒を並べる。関西では〝神戸に住んで、大阪で稼いで、京都で遊ぶのが通のすることや〟とも言われてきた。

俵家は法事が好きだ。法事のたびに嫌な思いを経験する。ある法事の時のことだ。

賢一が京北から南への道筋のわらべ歌を歌わされた。「丸竹夷に押御池、姉三六角蛸錦、四綾佛角松万五條」と歌って、うっかり賢一は「京都弁はよろしいな」と言ってしまった、すかさず「京都弁やおへん、京言葉と言いよし」と甲高い女性の声が大広間に飛んだ。一瞬でさめた空気になった。すかさず言うところはまことにお見事。京言葉は方言ではないと言うわけだ。まさに、京都人の気位だ。しかし、こういう形で嵌める様子を前にすると〝おまえは何様や？〟と大阪弁などで言い返したくなるのは賢一だけではなかろう。一体、この法事は賢一をのけ者にするけじめのためのものなのだろうか。もし、仕組まれたものでなくとも、こういう場合には京都人は束になることができるとしたら、かなり本能が働いているということだ。大阪人がストレートに物を言うのに対して、京都人はあいまいさをマナーとしている。外見はおとなしいが、いじめのモードに入ると京都人は感性で感じ取り身を守ろうとする。

伝三と貞の二人の法事をすることになった時、京都の気位の高い人たちへの案内の手紙を一ひねりしてみたくなった。

「ご先祖が丹後から京の地へ移られてよりこの方、明治・大正・昭和・平成と時空を超えて一族繁茂の状を見ますことは大慶の極みであります」と。

中世において内訌の激しかった室町家はさまざまな係累を生んだ。賢一の室町は備後は室町家の広島の流れで、長男の系統をいつも備後へ送りながら、本家は次男以下に継がせるのが慣わしだったようだ。そして、備後の地で同族の戦乱が繰り返された。このことを司津に話した時、「長男を粗末にしては家は続かんのう」と彼女は答えた。昔も今も同じと言いたかったのだろう。江戸中期から家の再興を図った室町甚内は東城—尾道・福山—大坂を結んで、和鉄の生産と販売で巨利を獲た。歴史にはロマンがある。文や司津が手放さずに、残した古文書を整理して、記録をまとめて民俗雑誌へ投稿することにした。

「備後国と伯耆国・出雲国の境界には三国山がそびえており、そこから流れ出る東城川の上流には古代から和鉄の産地として栄えた奴可郡小奴可村があった。その地の豪族であった室町家に室町甚内が生まれたのは寛政七年のこと。……家督を相続したのは二五歳の時であったが、天保年間に入ってからは毎年五月から八月に大坂へ鉄を出荷していたことが記録に残っている。……〝商いの様を巨細に見、大坂の気を知らねば生きたものは学べぬ〟というのが彼の得た想いであった」と。

どんな先人先祖も人と人の関係で苦労してきたに違いない。一人の人間が生まれるのに男女が一人ずつ二人。ある人間が世代を背負うのは（かつては家督相続を先祖から受け、次の世代へ渡すのは）約二〇年。たった六〇〇年間で考えると（600 ÷ 20 = 30 だから）二の三〇乗によって、六〇〇年間に自分を誕生させてくれた親の累積数が計算できる。それは一〇億人を超える。法事で集まる人間は濃い身内、京都や大阪の昔からの人も殆どは親戚だ。なのに、諍いや悲しい出来事が起こる。考えれば、賢一の室町の家も六〇〇年前の人の血は一〇億分の一の割合でしか賢一の体に残っていない。天皇家とて同じこと。家系の種の保存と家系の外からの人間の生態系の変化の狭間で人は悲しみ、悩み、絶望し、運がよければある時は高笑いもしているのだ。家系に縛られないで、のびのび出来る人。いわば、次男や次女は比較的そうだ。ノーベル賞受賞者（受賞者には比較的柔軟性に富んだユダヤ系の人たちに多いが）に長男が少ないと言われるのも無理はない。もっと、身近なしがらみのない世の中になればいいが難しいなというのが賢一の思いだった。

伝三と貞が亡くなってから五年が過ぎた冬に、賢一は与謝をさそって以前、貞と与謝が暮らしたアサヒ薬局や賢一と文が住んでいた長屋の辺りを訪ねてみることにした。与謝は待ち合わせの時間よりだいぶ早く来て好きなところを見てきたようだった。半径二〇〇メートルもないところを狭い路地や裏道を辿るから二時間はゆうにかかって二人は歩いた。父伝三だけが共通するふたりだったが話ははずんだ。「終戦直後、この千里丘の駅前には闇市があった。賢一ちゃんは知らないことよ」「ここで、夏に相撲大会があった。賢一ちゃんも何回か見たやんか」「今は銀行になっているこの広場で夏休みのラジオ体操があった」「ここは昭和三〇年ころ〝セーヌ〟というフランス料理店が三年ほど店を開いていた」「派出所になっている、ここは昔、〝茶屋の前〟と言われていたんや。江戸時代のことらしいわ」「この狭い道が亀岡へ通じる街道やった」「ここは国鉄の官舎やったが、今はこんな外食レストランになっている」与謝の記憶力は確かだった。その思いのこもった解説を聞きながら、賢一は重い足を引きずって歩いた。三〇分も歩くといつも昔の骨折のあとがうずくからだ。

場末の喫茶店で姉弟は落ち着いた。

「実はお父ちゃんがなくならはった直後に本箱から私が持ってかえったもんや。見て」とカバンから出したのは伝三のメモだった。

「大切にしてはった『浮世絵草紙』の本に挟んであった。うちは前から知ってたんや」

そこには万年筆で「父を恨むな、人を恨むな」とだけ書いてあった。明らかに、伝三の字だ。紙は銀行の両替伝票用紙の裏が使ってある。その日付は昭和二二年二月二七日。それは与謝が八歳の誕生日、賢一が一歳の時だ。きっと、何かもめごとがあったのだろう。父はいつかこれを与謝に渡そうと思っていたのだろうか。書いてはないが、このメモのあて先は与謝で、「人」とは貞だとすぐにわかった。この文面からは伝三・与謝と貞の激しかった確執が読み取れる。やはり、三人とも不幸だった。終戦直後の混乱と貧しさの時代。室町の家に預けられた賢一はむしろ幸せだったのかもしれない。与謝は〝私の辛かった過去に少しは目を向けてよ〟と言いたかったのだろう。

「母の貞が嫁いできて、しかも僕が生まれたことで迷惑をかけたね」賢一は一度言っておこうと思っていたことを言ってみた。与謝は何事もないかのように、

「そんなことはないわ。……このメモを賢一ちゃんに見せようかどうか迷ったけど、こうして見せることにしたのは弟のあんたを信頼しているからなんやわ」窓から見える夕方の空に向かって言った。自らの風雪の歩みや迷いを振り払うかのようにして……。全てを口に出さない、賢一の

ことも遠くから見つめる様子だった。賢一はここで黙っているのがいいと思った。与謝は何か思い出したように貞のことを話しだした。

「あんた、新田次郎と言う人を知ってるね」

「知らないね」

「貞お母さんが戦争で失ったフィアンセやないの。どうして、知らないの」

賢一は姉からそう言われて困った。フィアンセがいたことは貞から聞いていたが、その人の名前は聞いていない。ところが、義理の娘の与謝にはこんなことまで話していたと言うことだ。どうしてだろう。やはり「そんなことを知らされていなかったからと言って、どうと言うことはない。やはり自分と母の関係は薄かったと言うことか」。賢一は離れて暮らしてもやはり母は母だと思おうとしてきた自分の甘さを感じた。

その日の晩の一〇時ごろ、与謝から電話があった。彼女は彼女で長年病気で臥せる夫を抱えて苦しかったのだろう。酔いの回った口ぶりで、受話器に口をくっつけて話した。

「今日、会った時に言おうと思っていて言えなかった。こうして、酔った勢いで言わせて……。私らの父親はね、人を死なせたの。私の母を。」泣き崩れながら、続く言葉は鬼気迫るものだった。与謝は酔いつぶれる前に、賢一に伝えておきたかったのだろう。はっきりした口調で話しを続けた。「おとうちゃんはね、私の母が妊娠中に小唄のお師匠さんからの感染で敗血症という病気になってしまって、それが原因で母の菊は生まれて三ヵ月の私を残して先立ったんや。それから三年後、二度目に結婚した芸者さんとはその病気が治っているかどうかを確かめるための結婚やったんや。ひどい、ひどい人やった。お父ちゃんが賢一ちゃんを憎んだ本当の理由はね……」与謝は息を詰まらせて、続けた。「この事件から私を不憫に思うあまり、あんたは生まれてきてほしくなかった子だったんや。私に愛を集中したかったんや。だから、あなたが小さい頃何度も肺炎で死にかけて電報がきた時はいつも〝そうか、またか〟と肯きながら笑みを浮かべたはった。その様子は子供の私にも変に思えた」と。

確かに、戦時下の昭和一四年から一九年の大変な時期に、札所参りをした掛け軸や善光寺や西本願寺で買ったとみられるお経の解説書やお札が仏壇の引き出しにぎっしりしまってあった。それはこの出来事への悔恨のしるしだったのだ。そして、姉の与謝はおぼろげな賢一の過去を見る目にこうした事実を加えることをしたかったのだ。

賢一は「また会おう。もう死んだ人のことだから、誰も恨まないでおこう」と言った。与謝はこの返事に納得したのかしないのか「うん」と言って受話器を置いた。

昔のことを思い出す時はよく司津の顔が思い出される。あどけなかった子供の頃の場面が多い。母の貞が目に浮かぶことは少ない。同じように与謝も実の母よりも継母の貞の思い出が多いのではないかなと賢一は思った。

知恵の実家の南河内郡狭山町は都会近くの田舎だった。訪ねた夏の夕方、風呂上りの金剛の肩をその妻智子が剃刀で切っていた。血が滲む。金剛は「お母ちゃん、気色ええわ」と反応した。古い血を出し肩こりを治すのに良いということだが、賢一には不思議な光景だった。

賢一はこの頃思うところや自分のことをどう見ているか知恵に聞いてみようと思った。家でこそ話すにふさわしい会話のやり取りを予想して、応接間のソファーで話してみることにした。

「知恵ちゃんはこのごろどんな小説を読んでるの？」賢一は小説の話から人生論の話へ向かうのがいいと思った。

「この頃は山崎豊子、田辺聖子、高村薫、宮尾登美子さんたちね」

「しかし、昔読んでいたものとはずいぶん変わったねえ。それにこの人らは、大阪の作家が多いね。結婚や母親になることで、かくも好みが変わるのかね」

「そりゃそうや、世間知らず、男知らずの頃とは違ってきて当然やもん」

「少し世慣れしてきたか？」

「うん、私にも人間の俗さが見えてきたということかな」知恵の顔には笑みが含まれていた。

「じゃ、僕のことはどう思う。成長してるのかねぇ、この男は」

「賢一さんはかなり変わっている。外見は世間を知っている感じだし、女の人にも好感をもたれる。やさしいから。でも裏ではあなたの悪口を言う人もいる。言いやすいから」

賢一は知恵の話が終わらないうちに、話した。

「俗にとらえられることもあるな。ほとんどそうなんだろう。しかし、実は違うか？」

「そう、実は賢一さんの脳みそかハートの奥で脱皮できなかった何か硬い崩れないものがあると言うことや。でも、人は気づかない」知恵は静かに眼を閉じて話した。いつか、言おうとしていたことが今来たと思ったのだろう。

「わかりやすく訊くと、それは何だと思うわけ？」賢一はもどかしい思いで尋ねた。自分という者を客観的に知りたかったからだ。

「まだ性欲が出てきていない頃の少年のような純なものがあるのよ。むしろ、私はそれがあるから妻として助かってるわ。でも、あなたはそのギャップに苦しむことがある。おじさんギャグを言うし、誰であれ弱い人や独りぼっちの人の味方をする。本能的に一番人気の人は嫌いなんや。女性はやさしさを感じて近づいてくる。賢一さんにはいつもブレーキがかかる。でも、人並みかそれより少しもてるから、欲望もある。あんたはそんな俗なことの方を人に知られてしまう。そして、悩む。こういうことがスパイラルのように展開してきた。どう、バッチシでしょう。」

普通の人のように脱皮できていないと言うことだ。賢一の心に驚きが広がった。知恵は眼をつむったままで、賢一が今どんな反応をしているかさえ読み取れているかのような様子だった。知恵の言葉に肯きながら、賢一は大きく息を吐いて、しかし言葉は返さなかった。鮮やかだと思った。賢一のことをよくわかっていると思った。〝かなりのところ、自分の心理や悩みを見抜いている〟と言われることもショックだった（いやおもしろくない話もあったと言った方がいいのかもしれない）。知恵の人物評価や心理分析はかなりのものだと思ったからだ。自分のことはなかなか自分でわかりきれないし、考えることも途中で嫌になる。彼女の分析が当たっているとすると、そういう自分を創ったのは明らかに家庭環境だ。昔を振り返って、二つの家の家族の顔が目の奥に次々と浮かんできた。ここまで彼女に語らせると、何かすべてを見透かされた嫌気も感じるから、この話はここで終えた。〝……だめなんだな〟と思っているのを気づかれるのを気にして、賢一は庭の空気を吸いに外へ出た。しかし、もう一つ聞きたかった。

「俺はこのままでいいのかな」

「ええにゃ！」と知恵は賢一を安心させるように言った。賢一の中に（緊張から解けた）安堵のようなものが広がった。結局、今更どうにもならないと言うことではないのかと言う思いが頭をかすめたが……。

「一つだけ、言わしてもらうけど、あなたは子供の頃から孤独と向き合ってきた。身近な女性に支えられ、女の気持ちが解る男として育ってきた。女の私はそういうあなたは本当にいい人だと思う。でも、そういうあんただからこそ過去の自分をあからさまに語るのは心を許した人だけなんやわ。言おうか。……それは私と富士松代という人だけやね。そうやね。私、知ってるねん……。でも、その人は私ほどには賢一さんを知らない。絶対に！」とうとう知恵は思いのたけを言ってしまった。演技を終えたばかりの女優の緊張がとけたような表情で。声も出せずにいる賢一を切れ長の眼で見つめながら……。どうしても、松代のことを忘れられないことを知っているとしか思えない口ぶりだった。

衝撃的だった。一〇年分の話し合いをした気持ちになる。賢一はそのままの姿勢で答えた。どうして、自分の前には突然眼前に出てきて言いたいことを言い切ってくる女性が次々出てくるのだろう。母の貞も松代も知恵も……。賢一は自分の性格の方に人から文句を言われやすい原因があるのだろうとは思ったが深く考えないことにした。

知恵が松代のことを尋ねるので答えた。「その人は病気らしいよ……。やはり、夫婦はいろんな男女の関係の中で特別だ。二人にできることはもっと心を開こうと努力することだろう……」知恵は黙って首を縦にふった。心の強さを競い合うような会話だった。賢一にとって、知恵がこれほど突っ込んでくる妻だとは思わなかった。

賢一はひとりになって考えてみた。間違いなく、知恵の賢一分析は核心を突いている。

どんな人にもいきさつがある。訳がある。その中で、人の性格は作られていく。その自分の性格を冷静に理解出来るか出来ないかはさまざまだ。その人を批判する人もさまざまだ。好意的な人もいるが、恣意的に陥れようと言う意図で批判する人も多い。さまざまな人と人のやり取りで互いが傷つく。ここで、自分への反省力を持つ人はいいのだが、それが出来ない人は身近な人に当たってしまう。何か自己を満足できる人は（それは地位・財産・所得・名声いろいろある）そのいいことで、自分の殆どを肯定してしまいがちだ。

人の集まりに、新たな人たちが入ってくるとお互いが心の中で身構える。表向きは争いを避けるような日本人に特徴的なモードを取る人と、きついリアクションを取る人がいる。内向的な京都の人たち、はっきりものを言う組織の人たち、みんな同じ時代に生きながら自分を守るやり方を心得ている。陥れ、悪評のばら撒き、罵倒、暴力、独り占め、そして沈黙……、人間の非人間的な行為は無数にある。まるで、人間の生態系が乱れるかのように、美しくない絵模様を描きながら。現実は、日本の〝和・穏やかさ〟の伝統は競争原理で急速に失われてきている。そしてまだこの頃は地価の値上がりで儲けた人たちが社長や農家に多かった。地価と株価の上昇からあがった税金を国が主導権をもって活用する、ケインズ政策が功を奏する仕組みだ。

三人の死から、半年ほど経った頃のことだった。「知ってるか、賢一君。富士松代が死んだぞ」先輩の西公三から電話があった。彼はわけもなく卒業生の動向を調べ、時に葬式や結婚式にまで出席する男だ。賢一の方は学生時代の過去の友人たちとの付き合いは断絶していたし、毎日の仕事と家庭のことでそういう余裕はなかった。しかし、松代の死は早すぎる。〝老人になってから会おう〟という口約束はなくなってしまった。目に浮かぶのは二〇歳ごろの顔だ。きっと年がいってお互いわかりにくかったかも知れない。知恵には言えないので、このままにする他はなかった。

そんな頃、「室町さん、あなたは世の中の甘いも酸いも知っている。経済学の諸学派に通じている。少し聞かせていただきたい」研究会で知り合った国立難波大学の助手の上羽清一氏が賢一に尋ねた。夏でも背広ネクタイで威儀を正した身なりの彼は経済学説史の研究をしている。自分の経済知識を試すのには絶好の機会だった。

「マルクス経済学と近代経済学の違いはどこにあるんですか?」

「資本制を前提とするかしないかですね」

「前提をなくして、どのような研究ができるわけですか」早くも文系の若手研究者らしい鋭い口調が出てきた。上羽氏の目は真剣だ。

「資本制の問題点(彼らは矛盾と言いますが)が新しい社会制度を生み出さざるを得ないと言うわけです。だから、経済・経営・社会のひどい矛盾がどのように作られているかに研究は集中します。そこで……」上羽氏は賢一の言葉をさえぎって言った。

「資本は悪だという感情が入る気がするな。それはもはや科学でも学問でもないでしょう」上羽氏は賢一がそれにどのように答えるかに関心を寄せていた。

「マルクスの論理体系には論理学的な方法が入っています。彼らがこの経済学に信頼を寄せる根本はこの合理的と言われる分析方法の魅力なのです」

「僕は哲学はやっていませんが、興味深い話ですね。次の問題はあなたが近代理論のうちでなぜケインズに関心を持たれたかです。普通、マル経から新古典派成長論へジャンプする人はいてもですね……」

「実はマルクスとケインズにはおもしろい共通点があるのです。それは〝市場は需給の不均衡を調整できるほど完全ではない〟と見抜いた点ですよ。その根本は投資行動がアンバランスを生じざるを得ないということです」

「ほう、それは知らなかった。しかし、その共通点から両者は別の方向を示したわけですね。マルクスは社会革命を、ケインズは国家の介入によるアンバランスの調整の方向を」学者同士の会話は気が抜けない。相手の肯きがなくてもいけないし、有りすぎてもいけない。

「そのとおりです。両方を学んだ立場からすれば、ケインズの理論体系も因果連鎖は精緻です。両方とも信者を集めるにふさわしい、理論創立者としての貢献があったと言うことでしょうか」

「なるほど、しかし両者にあいまいさはなかったのですか」上羽氏はうまく会話を発展させる人だった。

「ありますね。マルクスの場合は理論上の価値から現実の価格への論理展開の問題などがあり、ケインズの場合も金融特に利子率の問題が残されました。ともに、今日、論争が起こっています。しかし、歴史上の偉人はキリストにせよ親鸞や日蓮にせよ曖昧さを包括したところがまた魅力で、後にさまざまな解釈を生むことになりますが」

険悪な議論にはならない安心もあって、今度は賢一の方が尋ねた。

「新古典派成長論もそうですが、数理経済学の魅力といえばどういうところでしょうか」

「そうですね。何本かの連立方程式で経済のモデルを作る。そして均衡解を求める。そこへの収束がどのようになされるかという研究は魅力的ですよ。科学なんですよ。何を基準（値）に経済は変動するかを明らかにするわけですから」

「数学者は見事な解析や証明を〝美しい〟という言葉でいいますから、わかりますよ。しかし、なぜ収束しなければならないのですか？　発散するケースは考えないのですか？」

「現代の経済が順調に成長している現実からすれば、多くの研究者は観念の上で安定・収束ですね。あっそうか、室町さんは数理をやりながら不安定性を考えていると言うことですか」

「概ね当たっていますね。しかし、数理経済学は現実から離れている、もっと実証的であるべきだという議論がJ・ロビンソンやW・レオンチェフから出ていますね」

「と言うことは数理的な経済モデルは経済学者のセンスや主張が方程式に組み込まれますから、

理系世界での数理とは異なりますね」

「そうです。数学を使っていれば客観的だ優れていると言うのは理系世界のことです」

「面白いですね。これぞ社会科学ならではの数学利用の魅力ですね。この特徴は理系の人たちは理解しないでしょう」

「彼らは高級な数学をどれだけ使うかをクリテリア（判断基準）にしがちですよね」

「しかし、理論をなくして現実解釈だけなら、経済学はつまらなくなります」

「まったく、そのとおりです」

研究の立場は違ったが二人の議論は楽しかった。上羽氏が紳士的な人柄だったことが賢一の口をなめらかにしたと言えるやり取りだった。

時の政権を守る理論はケインズから（競争原理の）新自由主義へ転換していく。競争原理は人びとの豊かさを求めるモチベーションを高める。そのために、ますます人の関係は難しくなるほかはない。豊かになるとは実は大変な事なのだ。早く言えば〝経済学なんか知らんでも生きていける〟。こう言われた時、経済学は何の役に立つのだろう。人が経済学なんて意識しなくとも……。本当は自己の人間としての確立こそが経済学の目標になるべきだ。デリケートな人間が多いから、日本人は悩む人・心の病気になる人・自殺する人は増えるだろう。とにかく、人は悩みの尽きない毎日を送っている。猿でもみかんを分けて食べている。性善説はありえないのか。こうした悩ましさを増幅させながら、人は亡くなり、世代が交代し、歴史が作られていく。そして、国のレベルでいえば最大のいじめ・暴力は戦争だ。戦争とその結果が人びとを巻き込み、苦しみを撒き散らす。もちろん、戦争への反対は左翼のましてや組織党だけのものではない。抽象の世界で生きる孤高の数学者や物理学者が政策批判に名を連ねていることがある。どんな政党も支持しない人も、幸せな人もそうでない人も、金持ちも貧乏人も、たくさんの人に囲まれている人も、孤立して生きている人も、人間のことに思いを馳せる人はたくさん存在するのではないのかと賢一は思った。だが、人生の充実というのはさまざまで難しい。

上羽さんは目を据えて言った。「室町さん、貴方には文章で書かれた経済理論を数式モデルに変えて、比較しやすいようにするのが向いていますよ。特に、貴方の場合はさまざまな経済理論に関心がある。そして、シャープな批判精神がある。それを生かすのですよ。単に数学者がするような数理の世界での勝負ではなく、観点の入ったモデル比較が似合っていると思いますよ。僕なんかはマクロの新古典派経済学一本ですから、そういう風にはならないのですか」〝そういうことだ〟〝彼の言うとおりだ〟と賢一は今やっている自分の研究方法を発展させることにしたけじめを迫られていることが感じられた。

上羽との付き合いは賢一の将来に大きな影響を与えた。

「上羽さん、僕はやがて大学の教員になろうと思うのですが、会っていただけませんか」賢一の頼みに彼は快く時間を取ってくれた。二人は豊中市にある難波大学の生協の喫茶室でテニスコートを見やりながら雑談した。

「室町さん、大学の教員の世界も中は大変でね」上羽さんはいきなりそういう言い方をした。

「変わった人もいますか」賢一は砕けた話から入ろうとした。小難しい話では会話が豊かにならないと思ったからだ。

「大学の先生は就職した時から一人前でね。常識のない人がいますね。靴を脱いで椅子に胡坐をかく人、同僚に〝やあ〟とか〝お早う〟の挨拶をしない人や陰口の好きな人はいっぱいいます。マナーとしては学生の鏡にはなりませんね。本当は役職につけて心の中はうれしいのに、〝いや困ったことだ〟なんて下手なうそを言って、結局は役について笑顔を見せる人、相手の友人をことさら誉めて嫌なきもちにさせる人……」

「どうして、大学の教員は別世界のようになっているのですか?」

「それは学校の教員と違って、人事権と予算権をもつ組織としての箔がついているからですよ」

「そういう中で教員組織はどのようにまとまっていますか?」

「それは専門分野と学閥、それにイデオロギーの三つですね。この三つを軸にして各学部や大学のカラー模様が織りなされます」

「ほほう。でも、異なるグループともうまく付き合わざるを得ませんね」

「そうです。だから仲介役のような仕事をする人や会議が大好きな人が各グループにいます。もちろん学内行政のようなことばかりやる人は研究は形だけにして、まぁ投げ捨てていますわ。彼らはさまざまな根回しをします。会議が始まるときには結論が出ているのですよ。そして、言うことと、考えること、すること、書くことこの四つを見事に使い分けられる学者……そういう人が〝カシコイ学者〟なのですよ。これは京都の文科系の学者の中によくおられますね。」

「すると、発言力のない教員は多数迎合的になったり事なかれ主義になりますね」

「そうです。無視されるのは偏差値の低い大学の出身者ですよ」

「なるほど、大学も日本的な〝ムラ社会〟のようですね」賢一は超難関の大学院の出身にはなれない自分を自覚していたから不安の気持ちがよぎった。上羽さんも賢一の気持ちをわかっていたのだろうが、賢一は反応が出ないように平静を装った。

「ムラにはボスもいれば、欲の皮のつっぱった者もいる。変わり者もいる。細かいことにこだわる―文書の誤字脱字を見つけることばかりの人のことですが―人もいる、それに村八分もあります。つまり、アメリカの学者のように何が偉いのかがはっきりしない人たちのムラなのです」

「左翼の人たちの人柄はどうなのですか？」

「私の学部には左翼はいませんが、難波市立大学などの教授では大学の外では左翼で権力批判をする人として知られていても、学内ではとんでもない権力者という人もいますね」

「ちょっと、お化け屋敷みたいですね。僕はやっていけるかな」

「まあ、文科系の場合は教授のもとにまとまるバインディング・パワーは弱いですから、少しましです」

「人事での駆け引きの時などはどうしますか？」

「ポーカーゲームのように、すごい学歴などの候補――これを教員たちは〝玉〟と呼ぶのですが――を最後に出して駆け引きするのですよ。でも、道頓大学の経営学部では、対立する二つのグループが激突を避け、一回ずつ交互に人事をしているようですよ」

「それは穏やかに見えても学生にとって本当に必要な専門分野や人柄の教員を採用することにはなりませんね」若い賢一は教員の間での穏やかさが不潔なことのように思えた。

「室町さん、大学の教授は学生のことなんか本気で考えてはいませんよ。教授のために役立つことになるかどうかでしかないのですから」

「では、聞きます。学長クラスの教授はどういう様子なのですか？」

「文科系の強い私立大学や公立大学では、驚いたことに学位――博士号――のない人がちらほらいるんですよ。学部長では目に余るほどですよ」

「室町さん、学位だけは取っておきなさいよ」上羽さんは目を細めて言った。

「そうなんですか。学位は取りにくいですか？」

「理科系の場合は、大学院の博士課程を出れば皆が取れます。しかし、日本の大学の文科系の場合は少ない」

「なぜですか」

「それは元々、学位を持っている教授が少ないこと。持っていても、自分が学位を得た年齢よりも上の年齢にならなきゃ、何のかんのとケチをつけてつぶすからですよ」

「こわいですね」

「どうすれば、無理に自分を殺さずに研究者になっていけますか」

「教授にとって、〝弟子は自分の子供よりかわいい〟と言います。同じゼミの大学院生でも教授に受けのいい人が研究条件のいい大学に就職できます。あなたの研究の関心が指導を受ける教授の研究と重なっていれば最高ですよ。つまり、どんな指導教授を選ぶかが決定的です」

「であれば、マッチングしますね」

「苦労して、人をよく見てきた君なら出来るでしょう。この点では右に出る者はいないという人になって下さい。でも、これが日本の大学の体質なんだけどね」静かにうなずく賢一に上羽さんは続けて言った。

「室町君、学者になりたいなら、経済学の何をどのように学びたいのかという願望が結晶化するまでに高まらないといけませんよ。学者の群れの中で光るには」

「どうしたものかな?」賢一は心配な気持ちを伝えた。

「就職して一人前になったら、自分の意見を言えばよろしい。言葉を選んでね。たぶん君は一匹狼で生きるでしょう。丸くなるばかりではだめですよ。角《かど》のある人、こういう人を一角の人と言いますよ」上羽氏は大きく笑った。

「おお、これは見事な落ちですね」

「角は多くなく一発で敵を撃沈する鋭いものが一つあればいいのです」

「有難うございます。ほかに注意しておくことは?」

「各大学の新規の採用は三五歳以下です。これを過ぎると〝万年非常勤講師〟になってしまうので惨めですよ。そういう人もかなりいますよ。それで離婚に至ることもあります。絶対にそうならないようにさ」上羽さんの話に賢一はなるほどと思った。昔の富士松代が学歴のすぐれた人物と結婚したことを思い出したからだ。

上羽さんの話は役立った。賢一にやる気と覚悟を植えつけてくれた。

⑥　学者商売

結局、賢一は上羽さんの言う、近代理論の「内在的批判」という言葉に引かれた。近代理論を単純に葬り去ったり、イデオロギー的に批判するのでなく、それと同等の数理的手法も用いることは説得力をもつ。ましてや、学問は批判的精神を欠いては意味がない。だから、〝内在的批判〟の経済学者として有名だった末広教授のいる兵庫大学の大学院へ再進学することにした。近代経済学の手法を使ってリアルな論理展開をする方法は大きな魅力だったから。

兵庫大学は戦前から生真面目なビジネスマンを養成してきたところだった。アカデミックなキャンパスの雰囲気が魅力的だった。

入試時の面接の時のことだ。居並ぶ教授の中で、ある人が言った。

「教育大学の経済所属で、先生の数も少ないだろうし、どれだけの勉強ができましたか」

「卒業後、二年間ケガの治療の中で独学できました」

「独学だって？　末広さん、この答案はどうなんですかな」

「大変よく出来ておりますね。これならやっていけるでしょう」

この一言で、賢一はやっと入試と名の付くもので日の目をみた。普通、大学院というところはそのゼミの担当教員の裁量で決まる。賢一のように、教員の伝手《つて》もなく受験してきた者などは合格できないのだ。だから、本来独学は全く評価されないものだった。

「通ったよ」と言うと、知恵は目を細めて言った。

「やったなあ。首の皮一枚で助かったという言葉があるけど、今回は爪の先一ミリで崖っぷちの縁に引っかかったんやと思う」と。

五歳ほど年下の者と机を並べての大学院生の生活が続いた。

末広教授は経済学界の重鎮でもあり、年に数回国内外の大学へ研究に出かけていたので、各地の珍しい話をしてくれた。キャンパスや学会の写真を見せながら、上品な雑談だった。

「イギリスのケムブリッジ大学は古い石造りの建物で出来ていて、大変風格があるね。ケム川という小さい川があって、そこに小さな橋があります。まさに、ケムブリッジですよ」「ドイツのフンボルト大学は帝政ドイツの時代の宮殿を使っているからね。それに比べて、アメリカの大学は背の高いビルばかりで、かなり違う」

「アダム・スミスの時代のイギリスの大学では、各授業ごとに学生が先生に授業料を手渡していた。今とはずいぶん違うね」

「イタリアのボローニャ大学は一〇八〇年の設立だから、千年近い歴史をもっている」

「七〇年に日本の学長ばかり五〇人で中国へ行った。油濃い食事で閉口したが、〝経済学は近代理論を批判的に摂取すべきだ〟と説明して喝采を受けました」

「日本の経済学者は近代理論の方は都会で、マルクス派の方は地方で強い」

大学院の授業は英語かドイツ語の文献ばかりで、数理経済学が幅を利かせる学風だった。行列の微分が出て来た時は何度考えても賢一には式の展開がわからないことがあった。苦しかったが、賢一は乗り切っていった。末広先生の研究分野は近代理論の数理的批判だったから、需要はあるのに研究者は少なく、博士課程在学中に就職先が決まった。

五年の大学院期間を経て、泉州大学経済学部へ就職することになった。ともかく、就職先が早く決まったことで知恵は赤飯を炊いてくれた。どこの文系大学も終戦直後の極左闘争を経験した昔風の猛者のような中年活動家が幅を利かしていた頃だ。その泉州大学の教員に始めて会った日、彼らとキャンパスの前の食堂で昼食をとることになった。皆が〝豚肉のしょうが焼き御膳一二〇〇円〟などを注文するものだから、それまで、昼食には四〇〇円以下しか使わなかった賢一は〝給料を得ている人は食べるものも違うな〟としみじみ思った。マルクス主義者には引き続き不思議なことがあった。〝有難う〟というお礼のことばがほとんどないことだった。どうやら、彼らは社交辞令などはブルジョア道徳の悪しき伝統のように思っているようだった。

「新たに俵君を迎えたこの日、諸君にはかつての左翼闘争のあゆみについて話しておきたい。我々は火炎瓶闘争を戦い抜き、山村工作隊として活動し、血のメーデー事件も経験した者だ。今日の生ぬるい党風とは全く異なる」食事を前にしたままでの古居民雄氏の延々と続く演説はかなりの迫力で、誰の言葉も挟ませない凄みがあった。場所は大阪市内場末の「時代調夢の料亭金之助」だった。「酒はたっぷり呑め。」酒が進むと、古居氏はエピソードのような話しもして、数十人の教員活動家を魅了した。

「あの政治家の宮下憲次に終戦直後に五〇〇〇〇円貸したのは私だ。彼は忘れているだろうが、今の金では五〇〇万円は下らんだろう。いまだに返してもらってはいないんだよ」

派遣されてきた上級幹部が選挙やカンパの要請をしようとすると発言を遮り、皆から天引きのようにして集めた金を渡し、飲ませ食わせて黙らせてしまう。土産には上握り寿司の折箱を持たせる。

誰かが少し不満をもらした。「古居氏は天動説なんだよ。自分中心に泉州大学の教職員の活動家を駒のように動かせると信じきっているからね」

何もかもが変わっていた。大学にとって大切な行事の入学試験で、受験生が多い年には昼食に一万円もする会席膳がでた。教員も職員も本給は自然年齢に万円を付けて決まるという、当時の大学教員の給料としては西日本一だった。教授や助教授の役職手当はごく僅か。スクールバスの運転手さんの方が若い教員より高い給料になるのも当然だった。時に、高学歴の職員が教員に食って掛かるような出来事すらあった。それに、研究会での意見の対立は鉄拳で決着をつけることすらあった。研究や思索を深めることなど本気でする教員はほとんどいなかった。まさしく、荒々しい人たちの住処《すみか》である。入学試験のレベルの高さに関係なく、ここでも教育が軽視されることに変わりはなかった。

研究したいから皆就職したはずなのに、論文を書く者には「そんな下らんものを書く暇があれば組合ニュースの一枚でも書かんか」と一喝された。研究や教育に時間を割きたい教員たちは困った。

教職員組合や組織の会議が授業よりも優先され、〝休講しろ〟〝なぜだ〟と言い争いが絶えなかった。

就職して三週間目、賢一が書いた組合ニュースの原稿を傲慢な古居の子分の教員がたむろしている目の前で破り捨てた。なめられやすい賢一は見せしめの餌食のように扱われた。今までこの世の経済批判をし、革命に貢献しようと組織に留まってきたが、腹を固めた。組織は必要だが、必要悪が多すぎる。個人のやる気をつぶしてしまう。まじめそうに振舞う茶坊主や学問への情熱を失ったロボットのような人たち、それに名門大学出身という看板だけのエセ学者たちだけが組織内と大学内の地位を占めていく。人間関係と学閥で人の価値は決まる。それに結論が決まっていることしか〝よい〟研究成果としては認められない。つまりここには学問の自由は存在しない。覚悟した賢一は「組織をやめさせてもらうわ」と吐き捨て、一五年所属した組織に決別した。案の定、活動家の誰もが口を利かなくなった。「一人で生きていくのは辛い」とある活動家に言うと「何のために生きているんですか」「何と戦っていると言うんですか」と平然と聞かれた。彼らにとっては〝組織の一員として身を粉にしてこそが生きがいで、それ以外はありえない〟〝権力や不正と戦えるのは組織以外にはありえない〟という思い上がりだろう。〝弱い者を助ける〟と言いながら、自分は安住して暮らす。革命に確信を持っているとは思えない華美な家に住み、贅沢な服を着て、自分の子供には英才教育をする中年の左翼たち。口先だけの男の中には女性の活動家まで囲っている。こういう左翼がなんと目に付くことだろう。仲間内での会話や付き合いに慣れきってしまうと、組織の外の人間の位置が馬鹿のようにしか見えないのだろう。孤立し悩む人たちを救いまとめていくのが組織ではないのか。一度、組織に入ると個人のことなどは省みられない。こういうことでは組織は発展しないと賢一は思った。しかし、出身大学が物を言う学者の社会では大した実力もなく、したがって学閥もなく、政治や宗教のグループも嫌う状態は簡単に攻撃の的になってしまう危うさをもっていた。誰かがやっつけられているのは快いものなのだろう。学派や学閥に属さないということは学者の世界では活き辛いことなのだ。しかし、群れを作って研究補助金を手に入れるのが目的化される中にあって、群れないというのは学問の究極のあり方として大切ではないのか。賢一にとって頼れるのはコツコツと時間を他人の何倍もかけて研究や授業の準備をすることと学生にとけ込みながらの話術だった。

ところが、学生は素直だが勉学意欲は低かった。困ったのは、経済のルールを知らないことだった。だが、彼らの若さは魅力だ。賢一にとって授業は苦にはならなかった。学生たちが興味を起こすような教材を用意して語りかけていけば、必ず変化すると信じていたから。

「供給が需要より多い方が景気がいいと思っていた」この原始的な意見は〝供給（生産）は自ずと需要を生む〟という古典派経済学のセイの法則である。そうであれば生産量を増加させるほど景気は良くなるという理屈だ。似たものに「大量生産や大量仕入れをすれば企業は利益を上げ成功する」というものがある。昔のケインズ革命は需要こそ需給バランスの決定権を握っており、不況対策は有効需要の不足を補う政府支出の必要を説いたが、学生の頭の中はセイ法則の次元だ。生産したものを買ってもらえなければ損失が生じるという平たい理屈がわかっていない。もどかしい限りだが、経済学の教員はこういう縺れた糸をほぐすような仕事もしなければならない。もっとも、「こういう経済知識などなくても生きていけますよね」と言われればそれまでだが。経済、経営、商学部は日本の大学生数の三割をかかえるが（医学部、薬学部、法学部と違って）無目的集団だ。これはむなしさの付きまとう仕事だ。

居づらいばかりの中で、近潮社の文庫本『全国大学キャンパス情報』の泉州大学のところに

〝満員御礼の垂れ幕の下る授業〟として賢一の授業がこの大学を代表して、掲載された。定価一〇〇円の栄養ドリンクの原価の秘密の話（中身の液体は一〇円）やスーパーマーケットダイエーとイトーヨーカ堂の経営戦略の違いと、身近なことや対立するものを取り上げることで、頭から〝勉強する気がない〟と決めつけられやすい学生たちが目を凝らし、静かに授業を聴く、企業の裏話で教室は笑いが幾度となく生じる。この大学の学生にマッチした経済学の講義は（普通はありえないことだが）単位登録もしていない者まで参加し大教室は五〇〇人の学生であふれ、熱気があったからだ。ここの大学の学生は勉強はともかく、素直なのが特徴だから、教える方も難しく構えないで素直にしたのが良かったのだろう。こちらのメッセージが伝わる喜びが実感できていった。賢一にとって、ぴったりの職業だなという手ごたえが感じられた。砕いた話の中から、理論ぽい話を理解させる。しかし、授業がうまくいくのはこちらのメッセージが伝わることだった。何時来たのか知らないが、取材も教室が盛り上がったところで行われたラッキーもあった。これは賢一からすれば自然なことだった。人と人の心の隙間に気づき、それを埋めないでは言いたいことが伝わらないから、自ずとそうしているだけなのだ。大学の教員も含めそういうことはしない。

どうして、日本の大学の教員は授業が下手なんだろう。教育を馬鹿にしたり、軽視するのだろうか。大学の教員は人生体験が希薄なのだろうか。学生からは遠い存在でなければ教員の立場的意味はないという風潮を大学の教員は自然と心得ているからか。教育熱心なのはプロモート（昇格）に殆どプラスにならないからか。ともかく、心がこもっていない。そして、学生からの人気が高いと、教員の中にはやっかむ人も出てくる。その時の彼らの言い訳は教育のことではなく研究の内容にケチをつけるのが共通している。ひどい場合には陰湿に陥れようという人も出てくる。だから、日本の大学教員は研究も教育も文句なしの状態で進まなければならない。特に、賢一のように（この学歴重視の研究者の世界で）さほどの学歴を持たない場合には。

賢一と知恵の子育ては変わっていた。子供たちの塾通いは中三になってから。家にはホワイトボードを買って、それを舞台に夫婦で毎晩のように子供三人の勉強を見た。安月給のボーナスをはたいて、時間を見つけては家族旅行を繰り返した。性格もいい、学力のレベルも高い子供を育てたかった。〝学歴の高い親の子は賢い〟という俗念を突き崩したかった。だが、子育てには放任を重視する考え方と指導や保護を重視する考え方がある。自分たちはどのようにすれば良いのだろう。賢一と知恵は状況によって対応しようということにした。二人とも放任ばかりや過保護のような両極に偏ることは好きになれなかったからだ。子供たちにいろいろなものを見せて説明し、関心を広げようというのが狙いだった。知恵は教師をしていたころの腕を活かして、いつも〝旅のしおり〟を作った。長男の純と長女の良は建物に関心があるようで、古いアンティークのある各地の大学を旅行のコースに入れた。東京の大学では、良は「お母さん、博士みたいな人が歩いている」と指差して言うので皆でそちらを見ると、白衣を着た教授風の人物がキャンパスを歩いていた。また、洛都大学では賢一が細かく建物の説明をするので、純は「どうして、詳しいの？」と訪ねた。知恵は「お父さんは受験したのよ。通りたかったのよ」と静かに言った。誰もそれ以上尋ねなかったので、賢一はホッとした。子供たちも何かを感じ取っているようだった。母の貞に従わなかったことを思い出したのか、賢一と子供たちの日ごろの雑談は理系世界のおもしろさ（ガリレオ、ニュートン、アインシュタインなど）や自然科学者の生い立ちを話すことが多かった。多少親に逆らうことがあっても、子供たちは成長していった。有り難い家庭だった。

泉州大学の仕事も三年目になった秋、

「俵君、今の大学からこちらへ移ることは考えませんか」知恵の母校の阪神教育大学の服寺教授から電話があった。

大学の教員を別の大学が引き抜く時に、普通「割愛願」という手続きがとられる。服寺教授が泉州大学へ来たときのことだ。遠慮がちに脚を閉じ、ソファにかがみこむ服寺教授と対照的に、古居教授は大きく八の字に股を開いて座った。まるで自分のテリトリーを主張するかのように。その二人と賢一の周りを屈強な教職員たちがぐるりと囲んで立った。

「室町君、あちらは経済学のウェイトは低い教育大学だ。泉州大は腐っても経済学部。去るに当たってこの点についてどう考えたのかを答えてもらいたい」

「仰ることはわかっております。こちらでは私が至らなかったので、不十分でした。次は落ち着いて研究したいと思いました。これが理由です」

ある職員がドスの効いた声で言った。

「理事長は今回の室町先生の引き抜きが本学の人事を攪乱する妨害行為だと言っておられますねん。念のため」

儀式に過ぎないはずの〝割愛〟の話に緊張感が走った。しかし服寺教授は身を屈めながら、

「いえ、私どもの割愛は法的には問題はございません」

「まあ、そういうことにしておきましょう。ところで、あなたはどちらの大学のご出身か？」

古居は会話のなりゆきに何か煮え切らないものを感じたのだろう。そう尋ねた。

「私は京都です」

「京都なんて地名だよな」と部下たちを見回してうなずかせながら、古居はその答えに不満そうだった。今度は逆に服寺教授が聞き返した。

「ところで、古居先生の方はどちらのご出身でしょう？」と慇懃に服寺教授は聞き返した。

「私は有名冠大学です」と目を据え、にらみ顔で古居教授は答えた。京男と難波男のかみ合わ

ない異様な会話の周りを立って囲む職員の男たちは不気味に表情を変えなかった。

やれやれ、この儀式が終わって廊下へ出ると、国立の難波大学の法学部出身だという泉州大学の同僚が見送りの言葉を賢一に投げつけた。「教育大なんか死んでも行きとうないわ」と。彼にとってはどうしても言いたかった見送りの言葉だったのだろう。果たして、〝偉い人〟というのは人を侮辱する術をちゃんと身につけているということなのだろうか。自分にはこういう〝偉さ〟は必要ないと思った。だから、賢一はこれもまた聞き流した。なんのかんの言っても大学教員の世界は学閥が仕切っている。学歴社会を批判するのも、学歴の高い人が言ってこそ説得力をもつという具合だ。同僚の教員からなめられない力をつけなければダメだということだ。人への怒りを抑えられるところまではたどり着いたのかなという自分を感じた。

一応、阪神教育大学は国立大学なので知恵のような地味で真面目な学生が多いし授業もしやすい（給料は格段に低い）。賢一が知恵に言うと彼女は喜んだ。

「あんた、やっとここまで来れたか」と喜んでくれた。

この阪神教育大学は泉州大学とはちがってナイーブな教員が多かった。しかし、気位は泉州大学の教員よりも強く、その威厳で教授のステイタスが保たれているようだった。したがって、多くの教員は学生とは心の距離は大きく、授業も上手とはいえない人が目立った。学生は地味で真面目な者が多かった最初の四年間、賢一は夜間学部での仕事となった。夜間学部の学生は昼働いて夜勉学し、卒業後は教師になりたいという人の集まりだ。しかし、昼の学部の付録のような感じでしか見ない人もおり、なかなか教員としての採用がうまくいかなくても全く気にかけない教員もいた。彼らの目的を成就させたいと賢一は考えた。昭和六〇年四月末のことだった。

「来週のゼミは研究室で焼肉にします。ただし、教職を確実にする方法を教えるから、そのつもりで来るように」研究室といっても、この頃の賢一の研究室はグランドの隅のプレハブで周りの部屋は空いていたから、焼肉の煙は問題なかった。

「肉と野菜は皆で用意して。肉は飛び切り安いものでよろしい」

がやがやと打ち合わせをして、次の週のゼミが来た。

「先生、この肉を買うとき店の人から〝これ餌にしはるの〟と聞かれました」

「そうか。食べれるならいいじゃないか」

「私、どうしても教師になりたいです」

「うちの夜間部で採用試験に通ったのはたった一人やで。何とかなりませんか」

和気あいあいとビールが回ったところで、七名の学生に切り出した。

皆の悩みは深刻だった。少子化で学校現場では余った先生の持って行き場がなく、新規採用どころではなかったからだ。

「それでも、小学校の教員は全国で三〇〇〇人は採用されています。ゼロではないということに注目しよう」

皆は、食べるより、話に集中しはじめた。

「知っているように、教員採用試験で出る問題というのは解けないほどのものではない。ただ、かなりの時間をかけて準備する覚悟があるかどうかだわ」

「昼は仕事があって、そんなに時間は取れません」

質素な荒々しい宴も一時間を過ぎた頃、賢一は心をこめて皆に伝えた

「わかりました。冒険ですが、明日から三ヵ月仕事を辞めて一日一〇時間発狂したように準備しなさい」誰かが発言しようとしたが、遮って続けた。「どんな問題が出ても一〇〇点取れるまでやりぬくわけだよ」

「先生、三ヵ月なら貯金が底を突きます」

「それでも合格した方がいいだろう」

「安月給だが、今日の食料代は私が出します」

「先生、落ちたら、責任取ってね」と困ったことを言う者もいたが、その日は皆明るく解散した。

毎日の勉強経過を日記にしてもってくる者もいた。賢一はゼミでは、励まし続けた。どん底から這い上がった倒産社長の話や一代で企業を立ち上げた人の話、同じ脳みそでも人とのコミュニ

ケーションがうまくなって成功した人の話と、元気の出る刺激的な内容を連発した。七月の採用試験の結果は全員合格で終わった。

「やったなぁ。うれしい！」

「先生、私たちのゼミだけですよ。合格したのは」

「皆の責任を取らなくて、助かったよ」

賢一にとって、初めて直接人の役に立った経験だった。何とかなるなという、自信がわき始めた時だった。

ここでも、泉州大と似たことはあった。「先生はどういうご研究ですか」と尋ねると、「私は教育に力を入れている」と言い、「どういう教育をなさっていますか」と尋ねると、「私は研究者だ」と答え、どちらつかずでのんびりと過ごす人もいた。大学の教員にはいつも何かの逃げ道がある。教授会の開会はいつも一時間遅れることが習慣になり、意思決定には多くの無駄な時間がかかっていた。民主主義というのも空洞化してしまうと、何のプラスにもならない気がした。

ソ連や中国のような社会主義国では、大学を含むどの職場でも共産党の書記を頂点にした事務局が絶対的な権限を持つ。教員は使われる立場がはっきりしている。ところが日本の大学では職員は事務局の組織で動くが、その事務局の動きは教授会の決定に大きく影響される。共通一次入試の頃のことだ。寒い冬の一月半ば、キャンパスの入口付近で火を燃やしながらの警備が時間どおりに行われた。賢一はその一人で、鏡餅を開いた断片を古木で焼きながら職員の人と話した。現業の職員の人たちが作業をしていた。今のように警備をアウトソーシングにして警備会社に任せる時代ではなかった。職員の田中隆さんはどこからか、手際よく餅にかける醤油と箸に皿をもってきた。

「先生、教授会が入試の日の試験監督者の集合時間を例年より三〇分早くして八時にすると決めはった。それにあわせて私ら事務や現業の職員がすべての段取りをした。ところが、その時間に遅れる教員がほとんどですわ」

田中さんは不満げだったので、賢一は薪の燃える火で少し赤くなった顔を上げて、謝った。いろいろな人をよく見てきたためだろう、賢一は習性のように頭を下げるようになってしまっていた。

「授業や会議のない時は先生方、どないしたはりますにゃ」

「文科系の先生の場合は家で時間を取って研究するスタイルが多いですからね」と答えるのが精一杯だった。本当は家で寝ている人が多いのだが。

職員は学生生活、授業のとり方、クラブ活動、就職と学生たちと接することが多い。教員がおよそ一〇年サイクルで退職、転職でかなりの人事異動があるのに対して、職員は四〇年近く同じ職場で仕事をする。大学教員が知識を教える立場だとしたら、職員は身近に生き方を教える立場だといってもいいだろう。

どのような学派の経済学がブームをよぶかは世相を反映するということを背景に、左右とそれらの内部のイデオロギーの説得力を反映するものとなっていった。近代経済学会員数対マルクス経済学会員数の比は、昭和三六年は五一〇対六〇〇、四五年は八六九対八五九、平成四年は二一五五対一〇三一人と推移していった。この中でも、近代経済学では今日、新自由主義の広がりとケインズ経済学の弱体化が顕著になってくる。衰退するマルクス経済学の中では対立してきた正統派と宇野派は一体化のような動きも生じている。文系学問のうちでも、学者が気難しくなるのは理論的な対立が多いこと、その理論は数理的なことからきている。その上、他の学問同様に学会ボスのような指導教官を頂点にした組織が作られていることだ。研究者の人事といろいろな予算はこうした中での分捕り合戦のようなものだ。

他方、学生は理論的な話に弱く、多くはまちがった〝常識〟のぬるま湯の中であんのんとしていた。

身近なところの話でも、表面的な感覚や一面的な判断で満足していることがいっぱいだ。学生との雑談から拾ってみると、おかしな話がよくある。

「先生、〝白鳥礼子〟の漫画を読みましたが、あんなお嬢様は嫌いや」

「もう少しよく観てほしいね。白鳥礼子ほど正直で心のきれいな人はいないよ。人間に生き物に環境に対して、澄んだ目で見ているところを見逃してはいかんね」

「〝難波金融伝の南の帝王〟はやくざですわ。嫌いや」

「確かに、言葉遣いは下品な大阪弁やね。いつも〝俺は貸した金と利子さえ返してもろたらええ〟という。しかし、やくざはああいう細かい計算が必要な仕事はしません。それにしても、あれほど見事に悪い奴をやっつける高利貸しはいないわ。作品をもう少しよく見たほうがいいよ」

「……」

ひどい場合は「ロバート・デ・ニーロはマフィアですわ」と平然と言う者もいる。ケビン・コスナー、トム・ハンクスやメル・ギブソンと違って、イタリア系アメリカ人として映画界でのし上がるには下町やマフィアぽい役柄や映画が多いことなどの理解は全くないし、俳優と役柄を同一視する傾向もある。

男女差別についても理解が浅いことが多い。男の身勝手や性別役割分業についても〝差別を当然〟とする保守的な意見や〝女性は絶対に働くべきだ〟というがある。働くか働かないかは（男性がするように）自分で好きなように決めればいいのにそれがしにくいことこそ問題なのに。だから、大学生の年齢になると男子も女子も外見は昔と違っていても、伝統的な日本の男女観が色濃く残っているか身についていることがわかる。年長者の責任は重い。

表面的なことや感性的なことを越えてものを考えるようにしないと〝考える〟という姿勢が生まれてこない。

当然ともいえるが、世間の裏のことはまったくと言っていいほど知らない。「土地の売買で入ってきた金は全て売った人の懐に入る」という単純な思考。これは収入（売上）と所得（利益）の区別がつかない他愛ないものだが、サラリーマンの家庭の子女に多い。さらに、土地取引で得た利益にかかる税金をごまかすための〝B勘定（圧縮取引）〟については、そういう立場を想定できないからか、思いもつかないという反応が返ってくる。

休憩時間の雑談で、悪徳商法の手口を話すと興味深く聞くが、実感がないようだ。真面目な学生は資格試験を目指す。その上、（性欲以外は）何についても無気力な者が目立つ。「エッチする」・「テレクラ」・「メル友」・「援助交際」・「出会い系サイト」という言葉が巷で平気で使われ出した。特に、情報化の進展はより便利な生活を求める人間の欲望が生み出したものだ。便利さと引き換えに、人びとの孤立化や犯罪の巧妙化も進んでいく。大学はこういう環境の中で育つ二〇歳前後の人間の一時預かり所といった傾向を強めている。

入門時の授業を取り上げてみよう。

「現在（平成三年）の日本のＧＤＰは四六二兆円。これはこの年に新しく生み出された価値です。まず、この点から何でも質問してきなさい」

「そんなに給料が高いのですか？」

ＧＤＰと賃金を同一視して平然としているが、経済の知識はほとんどないままに大学へ入学してくる。なぜこうなるかというと、日本の学校では社会科が暗記科目でしかないからだ。そして、中学や高校の社会科の教師は圧倒的に日本史を専攻した人が多い。経済学や経営学、商学を勉強した人は企業に就職する。

「まずは原理的に考えてみましょう。ＧＤＰを所得面で見ると、君の言う給料＝賃金のほかに、利潤と税金と輸入が含まれます。つまり、賃金だけではないということです。ＧＤＰに占める賃金の割合は国によって異なります。アメリカでは約七〇パーセントですが、日本では約六〇パーセントです。ＧＤＰと賃金を同一視するのはおかしいわけです」

「投資はどこに入っているんですか？ないじゃないですか？」まるで、教え間違ったかのような思い込みから来る質問だ。

「さっきのはＧＤＰを所得面からみた内訳です。君の言う投資は消費、政府支出、輸出とともにＧＤＰの支出面からの内訳です。原材料の分類を製品の分類に持ち込んで文句を言っているようなものですよ。わかるね」

「ＧＤＰの高い国で不況というのがわかりません」

「ＧＤＰが五〇〇兆円を超える日本で、戦後幾多の不況を経験してきました。平成不況は現在進行中です。逆に、ＧＤＰが日本より低い国で好況が続いている例があります。今日の中国です。ＧＤＰは現在二〇〇兆円を超えており、この八年以後毎年一〇パーセント前後の経済成長率が続いています。つまり、ＧＤＰの金額とその対前年変化率である経済成長率を混同してはいけないと言うことです」

「その中国ですが、第三次産業が五〇パーセントを超えていますが、中国でそこまでサービス業が発達していますか？」これは中国からの留学生の質問だ。

「第三次産業はサービス業と同じではないがね。第三次産業の中にはサービス業のほかに、卸売、小売、運輸、通信、情報、金融などが入っていますから」

「ところで、サービス業にはどんなものがありますか？」

「……」

「医者の医療サービス・弁護士の弁護サービス・我々教員の教育研究のサービスも入りますよ」

「本当なんですか。僕は無料奉仕のボランティアや喫茶店や風俗のサービスしか考えていませんでした」

この程度の皮相なレベルでしかものを考えていないのが実情だ。説明すれば納得するが、しなければいい加減なままである。問題を理解していないままで教員に食ってかかる学生もいて、そういう態度が〝俺はしっかりしている〟などと誤解している連中だ。自己を確立している好況の時には「公務員の給料はどうしてあんなに低いのか?」と感想をもらし、不況になると逆に「公務員の給料はどうしてあんなに高いのですか?」と言う。公務員の給与所得が変動しているわけではないのに、感性でしか物事を理解できない弱さが至るところにある。

中国からの留学生は特にお金がない。韓国からの留学生はノート型パソコン、デジタルカメラ、電子辞書を抱えて日本の学生とよく似ている点で対照的だ。だから、賢一は多くの中国人留学生の進学、就職、保証人探し、(外国人お断りのアパートも多いので)住居の世話、時には結婚の世話までした。

もう少し勉強が進んで、バブル経済形成の仕組みを説明する場面のことだ。

「ケインズとその弟子ハロッドの理論の根幹は投資変動が好況時にも不況時にも不均衡を累積させることにあります」と式やグラフで説明し始めると、「これは理系や」と凝り固まった理系コンプレックスが露になる。教室はざわつく。理解できないと思い込んで、耳を塞ぐからだ。ここで、根気よく「わかる話だ」「理解できればおもしろい」「わかればなぜこういうバブルが生じ、破裂せざるを得なかったのかが明らかになる」「この謎を知りたいと思わないか?」「知らなければ経済的変化が生じたときうろたえるばかりになります」と刺激する。学生を引きつけることを教員が諦めてしまうと何も進歩はない。

「一九八五年九月のプラザ合意で、日本はドルの流出によるドル安に苦しむアメリカの要求をのんだ」

「ドルがなんで流出したんですか？　盗まれたんですか？」

「ええっ、なんたる見当ちがい。ちがうね。各国への援助やベトナム戦争が原因ですよ」

「ドルが流出するとドル安になるところがわかりません」

「ドルを手に入れた各国がドルを交換に出すからです」

「つまりドルを売るわけで、ドルが交換に出されるほどドルの値打ちは下がります」

「そこで人為的にドルの価値を高めるために、日本は公定歩合を下げました」

「それがバブルと関係ありますか？」

「あるね。公定歩合が下がれば、資金（早く言えば金だ）は預金などでは利子が増えないから、上昇の見込みのある土地投資や株式投資に向かいます。これが情報化の中で起こりました」

「利子が下がると株価が上がるわけですね」

経済上の数値や科学的データの分析は因果関係をはっきりさせることで学生の理解に役に立つ。

「そのとおり。これがバブル形成の基本的仕組みだ」

「さっきのハロッドの理論の投資のアンバランス形成はここでも現れているのですか？」

「そうだよ。理論と実際の関係がわかってよかったね」

「まじっすよ」

「ちょっと待ってください。高度成長とバブル景気は何が同じで、何が違いますか？」

「景気の上昇過程（好況）では上方へ不均衡を累積し、下降過程（不況）では下方へ不均衡を累積する点が根本的に同じです。しかし、高度成長の時には国も会社も個人も豊かになりましたが、バブルの時は不動産や金融資産を持っている人が利益を得ました。バブルがはじけて儲けは吐き出すことになりました」

「そういうこと。そういうこと」

勉強の内容で理解が深まった時の学生は明るい。外見は変貌しているが、勉強の関心が深まって手ごたえを感じた時の様子は変わらない。軽やかにブーツの音をさせて、化粧で白く仕上げた女子学生たちも、ジーンズでキャンパスの地面に座り込む〝ジベタリアン〟の男子学生も、三〇年や四〇年前にはいなかった。

学生が消化しやすいように説明しないと、理解があやふやなまま進んでしまう。今日の学生は考えるということが苦手なのだ。教員が〝学生たちは約七〇パーセントは理解している〟と思っていても、学生たちは〝約七〇パーセントは理解できていない〟これが現実だ（北海道大学の

『全学自己評価報告書』はこの点での実態調査を載せている)。

こういう教室の状態を経験して、賢一は授業の策をいろいろ練ってみた。三年生からのゼミ以前に、一年生の大講義を何とかするにはどうしたらいいだろう。ここで、勉強する気を起こさせることがまず必要だ。学校教師がやる授業の様子はそのヒントの山だった。

〝まず、教員は教室へは—無理をしてでも—笑顔で入っていくこと〟

〝授業の中で説明に肯く学生を教室のあちこちにつくっていくこと。こうして、肯きの輪をつくること〟

〝まずは、講義の最初のところで学生の興味を魅き付けること〟

〝特にトピカルな話題をその日の授業内容と結び付けることが出来れば良い〟

〝対立する議論(経済政策でも経済理論でも)を提示すること〟

〝学生の頭の中に、発生するに違いない疑問点を取り上げること〟

〝答えたくなるような発問の準備〟

〝ビジュアルな写真・グラフを見せること〟

〝簡単なことから次第に複雑なことに向かうこと〟

〝立って話すこと〟

〝時々教室を歩きながら話すこと〟

〝見える字を板書すること〟

もちろん、何を教えるかの内容吟味や事前調査は根本だ。授業がうまく進み、学生たちが目を輝かせている様子をイメージしながら、準備すればそれは楽しいことになる。もし、授業が苦痛な先生がいたら、そして授業がおもしろくないと学生たちが反応するとしたら、それはこのイマジネーションが教員に欠けているからではないのか。大学の授業は一方的な知識の伝達になりがちだ。それを打ち破ることは十分出来る。賢一に自信がついてきた。そして、学生が聞く耳を持たなくなるのは教員が学生を軽蔑（そのほとんどは不勉強に対してだが）し、ひどい場合は罵倒してしまう態度が露呈した時だ。自分の感情を抑えられなくてはその教員自身が人間的に出来てはいないと言ってよかろう。

日本では一八歳時の受験能力でその人の価値が断定される。ましてや大学は学歴社会なのだから。入試に失敗を続けた賢一のような人間がそういう輪の中にいる場合は、わが道で進むより仕方はない。それで仕事がまっとうできれば、いいではないか……。

ソビエト連邦が崩壊した平成三年一一月、賢一は出身大学から、経済学博士の学位を得た。『ランダムに動く経済データの分析』がテーマだった。同じ頃、阪神教育大学の麻木誠一教授が彼の授業の冒頭でいきなりこう決めつけ問題になったらしい。「社会主義についての君たちの考え方は間違っている」と。

彼は社会主義経済論が専門で、ソ連崩壊が大変ショックだったらしい。連日、その授業の進め方について学生たちから批判を浴びていた。彼は教員相手の論戦では、〝反撃の麻木〟と呼ばれる論客だったが、学生の扱いは苦手だったようだ。結局、学生に折れて一件落着した。彼は教授になってからは、本はおろか一編の論文も書かなかった。もちろん学位（博士号）など持たない。彼はそのくせ、学内のポストには就きたかった。しかし、阪神教育大学の教授もしっかりしていて、つまらないポストだけを与えた。麻木は賢一のような孤立した部外者が彼の言うことを聞かないと〝日本中にわれわれの仲間はいるんだ。君をどこへも行けなくすることはできるんだよ〟とニヒルな笑いを浮かべて困らせた。


そんな頃、大学の経営に関心の強い、道頓大学の中取信一郎教授が難波の帝国ホテルに賢一を呼び出した。

「室町さん、いや俵さんとお呼びした方がよろしいかな。今日は各地の大学と教員の様子について いろいろ伺いたいのです。このホテルの地下のカラオケルームへ行きましょう。こういう部屋こそ、他人に聞かれないで話が出来るんですよ。先生のお得意ののどは最後に聞かせてください」なるほど、うまい場所を考えたものだと賢一は思った。

「大学全体や学部で政権を長続きさせる人物とはどういう人物ですかな」

中取は品のいい濃いグリーンのネクタイに淡い薄茶の背広を着た四〇歳ほどの教授だ。ワイシャツの手首の所にネームが刺繍してあるのがオシャレだった……。二人の会話は続いた。

「将になる器ですよ。時々、教員は目立つ人物や研究の優れた人を選びます。またはボス教員の支持で捨て駒のように票を集めて誰かを通しますが、この場合も人物を冷静に見る人は少ない」

「すると、教員には見る眼がないと……」

「世間知らずの人が多いですからね。学内行政に関心はあっても経営のプロでもなんでもない人ばかりですから。どこの大学でも、教員控室に陣取って学内の情報や同僚の評論をする人たちが必ずいます。彼らは教育はもちろん研究を投げ捨てた人たちです。それに最近は若者と変わらないくらいの軽薄な方もおられますからね」

「というと」

「褒めれば喜ぶ、批判すれば怒るチャイルディシュな人たちですよ。困るのは単位のバーゲンセールで学生の人気を得ようとする人たちもいます」

「文系学者と理系学者が同居するような今日の複合的な学部となると、どういう専門の人があつかましくなりますかな」

「理系の人たちが有力です。自分たちの方が勉強している。数学が出来るのが偉いという固定観念ですね。理系の人は九時から五時までは仕事をするのに、文系の学者は週三日ぐらいしか大学へ来ない。理系で博士号を持たない人はほとんどいないが、文系では三割に満たない。論文もレフェリーのいない紀要ばかりというわけですよ」

「ふう〜ん、工学博士や医学博士などは掃いて捨てるほどおられますが、それに対して文系の博士は希少価値がございますのにねぇ。それで、文系の学者であつかましい人たちが多いのは……」

「間違いなく政治学や経済学者です。理由ははっきりしています。論争や論戦が激しいからですよ。そして、話題が豊富です」

「経営学者も同じですか？」

恰幅のいい経営学の中取教授は大きな体を前のめりにした。いろんなことを知りたいようだった。

「全く違います。彼らは和を好みますから」

「つまり、理屈っぽくない学問ということ。しかし、日本の経営学者はアメリカの経営学者と違って、経営の現場から遠いですね。社長をやってくれと言われてできる人は少ないですよ。それに小心者が多いですわ。では、他の文系の学者はどうでしょう」

「ある問題が出てきたとき、文学部の先生は感性でとらえます。法学部の先生は前例や規則はどうかをすぐ考えます。こういう典型的な文系の学者は情報化が進む今日でも伝統的な講義の形式を続けています。情報機器はほとんど使わずに、教科書や六法全書を開きながら話すことで授業を進めるのです」

「つまり、レトリックとしての学問なのですね」

「だから、ビジュアルではありません。五〇年前、一〇〇年前の大学のような授業風景を残しています」

「ところでね、私らの経営学に引っついている会計学者は企業の財務諸表を見て〝質のいい〟という言葉を良く使いますが、ほかの学問ではどんなほめ言葉がありますのやろ」

「数学者は〝美しい数学〟と言いますね。数理経済学者は〝難しい論文〟と言います」

「面白いですね。他の分野はどうでしょう」

「茶道では〝きれいな御点前〟と言いますし、……俳句では〝姿のいい句〟と言って誉めますね」

「では、和歌の分野はどうでしょうか」

「〝丈高し〟ですね。背筋が伸びるような気品ある歌というわけです」

「なるほど。それで、学者の特徴ですが、理系学者は文系学者の日常や研究成果について、うるさく言いますがこの点は？」

「確かに、文系の場合は家で研究することもあるし、土日はもちろん平日も家にいることがあります。実験のようなことが基本的にないことからきます。先進国の文系学者は保証された自由な時間と研究内容の選択の中で生きています。もし、これをなくすと成果は上がらんでしょう。深い思索は文系学問に必要です。これを理系のようでないから良くないと結論するのでは困ります」

「つまり、文系と理系では研究の作法が違いますね。理系の頭脳では理解できないでしょう」

「そうです。大きな金のかかる研究設備を必要とし、研究費が巨額に必要な理系の研究者は彼らのような研究姿勢でないということから、文系の研究者を見下します」

「まるで、草食動物と肉食動物が同じ檻の中にいるようなものですね」

「中取先生、たとえば深い思索を必要とする哲学などの研究には、自由な長い時間が必要なのです」

「わかりますがね、学外から多額の研究費を獲得することがいい研究のように見られる時代になりましたが、この点はいかがでしょうか」

「たとえば、『源氏物語』などの古典文学の研究に対して、企業が研究費を出す可能性はほとんどありませんね。理系の中でも基礎的な研究と即実用化され利益を上げる可能性のある応用研究とはまったく入ってくる研究費の額が異なります」

「つまりマル金の（豊かな）研究室とマルビの（貧乏な）研究室というアカデミック・デバイドですね」

「そうです。ほとんどの研究室は片付けが悪いですがね。中には高級クラブのような照明や飾りをした研究室もありますよ」

「こらまいったなあ。新しい学部はどうですか」

「昨今の文理の複合学部は本当に文理の学問の有機的な共同研究ができてこそのものですが、形式的に作っただけのところが目立ちます。つまり看板を架けかえただけです」

「やっぱり、金なんですね」

「中取先生、大学の外でも郵政に航空、証券、銀行、建設業界からパチンコ業界にいたるまで、業界のためにつくす提灯持ちのような学者がいます」

五〇代に入った賢一は年に五〇〇枚名刺交換するような人付き合いが普通になっていた。それが大学の教員と付き合う気苦労を薄め、心を落ち着けるいい方法だったからだ。そこで、中取教授の問いに一気に答えた。

「こちらでは、学生による教員評価について、〝こんな奴らに俺の授業が評価できるか〟と言ってはばからない人もいて困っているんですが、どのように考えます？」

「もし、先生が自分たち学生を馬鹿にしていると感じたら、うまくコミュニケーションがとれますか」

「学生も感覚はしっかりしてますからねぇ」

「学生の消化能力を理解しながらでないと、外見だけの教育で、実はミスマッチということになりますね」

「それが難しいんですがな」

中取教授も授業は上手そうだが、こういう言い方で会話を和ませる。

「学生の方にも相当変なのがいます。白惚ればかりが強くて、勉強もしていないのに文句は言うタイプがいますね。こういう学生の口の悪さで、意気消沈する教員もいますから」

「へぇ困ったことですね。ですが、なんで日本の青少年の学力が下がり、道徳もなくなったんですかね。日教組のせいですな」

中取教授はナイフとフォークを上手に使いながら、会話を楽しむ様子だった。

「日教組など左翼は保守政治が続いたために、思うようにならなかったですね。だから、妥協でその時々の成果を得るしかなかった。それと、彼らの〝ダラ幹〟的堕落ですよ」

「そうですな。日本もアメリカのように教育成果を給与に反映させるような動機づけが必要ですね。どこの教授会も学生無視の不毛の議論が多いですからね。つまり、大学の中での教育の仕事はシャドーワークのようになっています。困ったことです」

「日本の大学は病んでいますね」

「どこの大学にも会議となると勇み立ち、それを生きがいにする〝会議人間〟や研究を捨て去って人事と予算の分捕り合戦に血道をあげる教員もいますな。彼らの振る舞いの狙いは思いどおりに人事を動かそうということになりますね。私、賢いと悪賢いは紙一重じゃなくて、同じことのようにさえ思えますにゃ」ワインを口にしながら中取は語った。

「教員の中での葛藤、次第にレベルが下がっていく学生への対応、その上に家族からの無理解まであると、苦悩も深いです」

「話は飛びますが、経営トップが偉いと言われるようにするにはどうしたらよろしいかな」

「かなりのことをお尋ねですね」賢一はこの話が中取教授の狙いだなと思って話しを続けた。

「いつも、大したことを言うように準備されるのが良いでしょう。そして、泥をかぶって味方してくれる人、敵の中から賛成に転じてくれる人を用意することですかな。そして、普段は誰が聞いても納得する話で、みんなを肯かせるわけですよ」

「戦さみたいですな」

「そうです。やわでありながら扱いにくい大学の先生を引き込むには政治家でなきゃならんでしょう」

「ごもっとも」

「職員はどう引きつけますか?」

「教員が職員を直接思いどおりに動かすのは問題があります。彼らは事務局の上意下達組織の中にありますから上司の言うことを聞くのが基本です。教員組織とは別なのですよ」

「すると、経営側や事務局のトップを押さえることですね」

「そのとおりです」

「最後の質問です。もし、先生のように教育熱心な人が来たら、どうしてもらいます? 反発もあるでしょうし……」

「遠慮なしに、教育の面で成果をあげてもらうことです。遠慮されると長所はつぶされてしまい、意味はないでしょう」

「なんでですか?」

「日本の大学教員は教育に対して度し難い軽視の観念が染み付いています。理系と言ってもたいした研究成果をあげていない人もいます。そして、何かの長所をもつ同僚に心の底でやっかみの気持ちがありますから、積極的に出ないとだめです」

「しかし、先生の話術はうまい」

「ありがとうございます。しかし、私の学歴は学歴が勝負の教授の世界では、やりにくいのですね。時々、昔の恩師たちはどんな研究生活をしていたのだろうかと思い起こすことがあるんですよ」

「優しおまんなあ。先生は聴衆が納得できる話で肯きの輪を広げていき、あとは見事にご自分の話を展開される」中取教授は自分自身の仕事に自信があるのだろう。余裕のある表情で賢一を見ていた。

「それはね、長年培った私の経験から得られたものなんですよ。こういう方法をゲームの理論では〝フット・イン・ザ・ドア〟と呼びます」

「室町先生、伝統的な風格のある大学とはどういうところでしょう」

「キリスト教系では、大学の名前に学院という字が付いています。それと、馬術部のある大学も伝統的なところが多いですかな」

「なるほど。わかりました。では私どもの大学へ移っていただけませんか」

結局、賢一は道頓大学へ移ろうかと思った。

「えっ、また職場を変わるの？　梯子しすぎとちがうの。最後の退職金はどんな額になるわけ」

知恵は心配そうに言った。

「今の大学は君の母校だったからね、後ろ髪引かれる思いだよ。でも、毎月の給料は少し上がるかな」
「うん」という知恵のかすかな声と肯きをみて、賢一は中取教授に誘われた大学へ移ることにした。

道頓大学へ移った日、入学式に顔を出してみた。応援団にチアガールという阪神教育大学にはなかった光景に賢一は目をみはった。応援団で大太鼓を前にした羽織袴の学生はそれこそ腕がちぎれるほどの速さで大きく打ち鳴らした。会場は六〇〇〇人が入れるキャンパス内の体育館。地味だった前の小型の国立大学とは異なる。

ほぼ一様な学生が集まっている前任校と違って、学生たちはさまざまだった。玉石混交と言ってよいだろう。解っていないのに感情的に食って掛かる者もいた。土地を抵当に入れて金融機関から貸付けを受ける説明の時だった。

「時価一〇〇〇万円の土地を抵当に入れて七〇〇万円借りました。抵当率は約七〇パーセントですから」と話したところで、ある学生がわめくような調子で声をあげた。その額には青筋が立っていた。

「間違いじゃないですか。残りの三〇〇万円はどこへ行ったんですか？」と。その一言で、理解度の低い学生は〝俵先生の間違い〟と思い込むような空気が伝わってきた。

「いや、売買なら時価での取引でしょうが、これは資金の貸し借りです」

「貸し借りでも同じですよ」

「お金を貸す側の立場になりなさい。返済が滞るリスクを負うのだから、一〇〇〇万円ではなく七〇〇万円です」

別の学生が言った。「一〇〇〇万円を受け取りたいのなら、売買すればいいんだよ。いつかは抵当を外して、所有権を回復したいんだから資金の貸借の方法を選んだわけだよ」

食って掛かった学生は平然とした様子で黙った。〝わかりました〟とか〝間違っていました〟とは言わない。

そして、わかりやすいことにしか反応しないのは昔からのことだが、やはり思考の軽さは否めなかった。

賢一は工夫した。授業内容のどこで誤解が生じるか、教員のどんな態度で勉強に嫌気がさすかを分析することにした。そのために、毎回の授業で受講生の声や意見・質問を集めることにした。その質問に次回の授業で答えることを繰り返した。これを丹念にすることが授業を充実させた。ゼミでは、対立する論点を提示してディベートが役立った。テーマは「経済摩擦の責任は日本にあるのかアメリカにあるのか」「経済政策の目的は公平か効率か」などを取り上げた。学生たちの議論が途切れないように、答えたくなるような質問を準備した。そして、話術はお手の物だった。

大講義でもゼミでも、学生のまなざしは優しくなっていった。教員仲間でキャンパスを歩いていると「賢一せんせぇ」という手を振りながら大きな声で走ってくる女子学生がいた。あまり、人気があると新たなさしさわりが生じることになるが、学生たちは気にかけない。ゼミの希望者が多く集まった年には選考で何人かを落とさなければならない。これも悩みだ。

教員は文系と理系が一緒のために、いろいろな作法の違いが出てきて衝突が多かった。理系の人たちからすれば、文系の教員は学位を持たないし（日本では伝統的でこれは急には変えにくい）、紀要論文のようなレフリー制でない論集にしか論文を載せないし（もともと、主要な学会誌以外はレフリー制を採用していない）、毎日出勤しない人もいる。実験が多い理系と違って、文系では時間を確保しての高度な思索も要求される。このことが〝さぼっている〟と早合点されてしまうのだ。しかも、理系（実験系）の場合は多額の研究費が必要になる。よって文系学問はこうした議論になると不利になってしまう。これが医学・歯学・薬学などの（臨床系）となるとさらに全てのスケールは大きくなり、通常の理系の教員は彼らの前に存在は小さくなる。しかし、ほとんどの大学の教員は口には出さないが、出身大学のレベルによって教員の価値を測り、口のききかたから学内の地位の確認までが根本的に秩序立てられている。明らかに、学歴社会の悪しき慣習に支配されている。〝偉い〟といわれる学者の中には、他人を蹴落として伸びてきた者も多い。教員間の陰湿な葛藤は学生など外部にはほとんど現れない。研究費の獲得額が競われ、それで研究設備を充実させる〝物取り主義〟が横行しているのが実情だ。

大学院生からの悩みの相談もよくある。賢一は中部大学工学研究科博士課程三年生の大学院生の内村清から電子メールで相談を受けた。問題は〝指導教授に嫌われてどうしようもない〟という悩みだ。会って話さないと詳しい話が出来ないので、名古屋駅で会った。

「室町賢一先生が『大学教授のカウンセリング・ルーム』をなさっているのをホームページを見て知りました。僕はゼミの教授とそりが合わないのです。」人間、数年悩みが続くと暗さが顔に出てくる。内村君もそうだ。

「理系のことは門外漢ですが、どこかの大学へ就職の見通しはどうなんですか」

「論文を書かせてくれないのですよ。蛇の生殺しのようになっています。」嫌いな弟子は論文を書かさないことや学会発表をさせないことでいじめつけるという訳だ。研究者の世界では論文は三本必要だ。しかも、理系なら大学院を卒業した時点で博士号を持っていないと就職はない。すべてが指導教授の納得や承認が必要で、大学院生が勝手に動くことは許されない。束縛は文系以上に厳しい。解決策は難航した。一つだけ賢一は提案してみた。

「君の専門の振動工学なら東都大学の理学研究科へ博士課程から進むと言うのはどうですか。一人懇意な教授がいるから紹介しよう」

「本当ですか。ぜひともその道を歩ませてください。数学と英語は自信がありますから」内村君の目が輝いた。この男を喜ばせてやろうと賢一は思った。半年後、彼は新しい研究室の楽しさを綴ったメールを送ってきた。

「教授のカウンセリング・ルーム」では、相談してくる各大学教員の悩みが明らかになっていった。まずは、学生に対する不満がある。学生は何に対しても、意欲がない。考えることをしない。コピー&ペーストを勉強と勘違いしているというもの。意外なのは出席のいい学生が必ずしも成績がよくないのが気になるというもの。また、ゼミに優れた学生が集まらない。せっかく育てたゼミの学生が他の大学院や他のゼミに進学してしまう。企業に取られる。留学生についてはのがあった。特に、若い教員には授業の悩みを抱える人が多い。学生から突っ込まれて対応できないという〝授業恐怖症〟や授業に自信がない悩み。大講義などで教室の出入りが激しく、学校教育での学級崩壊と似た状態に対応できない悩み。学習意欲の低い大学の教員ほど多い要望は教育の内容よりも授業のテクニックを知りたいというもの。そして、教育を軽視し続けてきた日本の大学に特徴的な、授業の準備に時間をさくと研究がおろそかになるのをどうすればいいかというもの。そして、孤立することからくる、教育の悩みを相談できる同僚がいないという悩みが出てきた。これに、答えるのには多大の時間が費やされた。無報酬だったが。

このことが全国紙に掲載されると、職場の同僚の評価は二分された。否定的な態度を取る人たちは〝マスコミに取り上げられることそのもの〟を嫌いっているようだった。肯定的か否定的かは賢一と顔を会わせたときの顔つきや目つきでわかった。

その年の秋の午後、大変な事件が起こった。賢一の授業を受けていた一年生の女子学生が高層の五階の教室から飛び降り自殺をしたのだ。ドンという音がした。脚から落ちたようで、右足が肋骨のあたりまでめり込み、辺りは血だらけになっていた。賢一が駆けつけた時には、まだ身体がピクピクと動いていた。初めて目にする、むごい現場だった。だが、救急車はなかなかやってこない。傷ついて呻くその学生の様子を多くの学生が見ていた。みなショックを受けていた。きっと、救命救急センターへ駆けつけた両親も計り知れない衝撃だったろう。彼女は一人っ子だった。

彼女は「入門経済学」の授業で皆が尻込みするマクロ経済モデルの問題を前に出て、黒板で鮮やかに解法を示した。頭のいい学生だった。飛び降りる直前に彼女の姿を見た学生たちが研究室へ来て話した。みんな暗く硬い表情だった

「いつもは落ち着いている彼女の様子が今朝は変だった。何かそわそわしていた」

「何で死ななきゃならないんだ」

「北大阪が見渡せる空に向かって飛んでいこうという気分だったんじゃないか」

「育ちのいい人だったと皆が言っています」

「と言うことは金の問題ではないな」

「失恋か」

中国人留学生が言った。

「失恋で死ぬなんて、日本人は弱いですよ。中国では貧しさに耐えられない人が自殺します」

問題はこのことについての激しい意見が（学生が立ち上げていた）掲示板に二週間にわたって書き込まれた（若い人たちはこれを〝カキコ〟と呼ぶ）ことだ。おもなやり取りは次のようになっていた。

「あーあ、入学して半年でいやなもん見ちゃったよ。何でキャンパスでこんなことするんだ」

「死にたきゃ、死にゃいいさ、ばかめ」

「死んでも、何にもなりゃしねえさ」

「きっと何かわけありなんだから、騒ぐなって」

「死を決意するほどの何かがあったのよ。わからないの？……手首に傷のある女より」

「みんな、うるさく言うなって。自分のことでも考えてろよ」……

人の死に直面して死を悼むより、からかうような惨い書き込みが多かった。口から口への噂はさらにひどいものだった。結局、二週間で一二〇通の書き込みの後、やっと掲示板管理人がこのスレッドを削除して終わったが、死の意味を考えるどころか、どのようにして軽薄なエゴむき出しで冷淡冷酷な立場になれるのだろうか。理由はどうだっていいじゃないか、あるがままに死を悼むことだけでは済まないのだろうか。自殺を試みた賢一には耐え難い内容だった。その上、ひどい書き込みをした学生の一人が賢一のゼミ生で、しかもその学生が複雑な家庭で過ごしてきたことを知ったとき、賢一の頭の中には泥を注ぎ込まれたような暗闇が広がった。大学の教員は知識の伝達はするが、生き方について教えることはほとんどない。虚しい立場だ。そして、ネット社会は人を残酷にする。

仏教もキリスト教も世界宗教は〝自殺はすべきでない〟としている。〝命を生かせ〟という。しかし、生きる目標をなくしたり絶望する人間は回復不可能なほどに目標を失っている。ほとんどの人間は日常に追われて、達観した世界を考えることすらない。睡眠薬自殺をはかって天井の回る経験から立ち直って生きてきた賢一にとって、理屈はわかるが、当事者にとって経典で言うほど簡単ではない。自殺を勧めたり、むごい死に方は避けるべきだが、死にたいという本人の意思をけなすことは良くないし本人の選択を尊重すべきではないのか。しかし、無限や有限の問題は突き詰めれば、哲学の問題でもあり、物理や数学の問題でもある。これらの学問が文系理系の根幹に座っていることを思えば学問は抽象的でありながら具体的という普遍の存在意味をもつはずなのだが。

ゼミでの討論の一コマをみておこう。テーマは〝平成不況と経済社会〟。

「この資料を見てください。平成不況が進行する中での平成一一年と平成一六年の日本経済の比較です。ＧＤＰは四五一兆円から四九九兆円へと増加し、勤労者の家計所得は五九万五〇〇〇円から五三万三〇〇〇円へと低下しています。これは一体何を意味していますか？」

「平成不況の中で、ＧＤＰは増えています。しかし、家計は苦しくなっています」

「そうです。では、なぜこういう現象が生じたと考えますか」

「失業ですか。失業で家計の平均所得が減った」

「では、なぜＧＤＰが増えているわけですか」

「難しいですね」

「わかりました。リストラは勤労者全体の所得を下げますが、企業は利益を好転させるにゃ」

「ファイナル・アンサー？」

「そうです。ファイナル・アンサー」

「正解。もちろん企業は大規模なところから順に、また好調な業種から順に利益を好転させていきます」

「やったぁ。やっぱし、大企業に就職しないとあきませんね」

「大企業は安定性が高い。しかし、社員は所詮歯車やん。中小企業は個人の自由度が高いわ、けど不安定や」

「先生、外でいろんな経営者と話すでしょう。次は就職活動のコツを教えてくださいよ」

「了解！」

次は〝競争原理と格差〟についてのゼミでのやりとりだ。

「今日のゼミでの討論は〝競争原理で経済が成長すると格差は縮小するか否か〟という現在のテーマで話し合います。積極的に発言する人にはいつものように評価を高くします。誰か口火を切ってください」

「前回のゼミでの話しですけど、資本主義の根本は競争だと思います。このことで昔のソ連のような社会主義は政府の保護や主導権や統制が強く能率が悪くなっていったということでしたね、せんせ」

「そのとおりです。だからこそソ連崩壊後の中国は大胆に〝社会主義市場経済〟という新たな試みに入っています」

「うまくやるのう中国は」

「豊かになりたいというのは人間の自然の願望です。これは時間的過去に比べて豊かになるということです。しかし、同時代の人びとの格差は広がっていきます。人類史そのものがそうです」

「格差って所得の格差のことですか？」

「格差には所得のほか人種・地域・教育など多くのものがあります」

「いつの時代も不器用な人はいるし、遅咲きの桜のような人もいる。ハンディを持った人も出てくるはずです。世の中が豊かになっていってるのに何とかなりませんか？」

「当然の疑問ですね。この格差の是正こそ政府の役割です」

「なるほど、政府か」

「では、労働の場での競争原理はどうでしょうか？　競争原理は成果主義賃金という形で実施され始めています」

「私は仕事の成果と関係なく給料が毎年上がっていく年功序列賃金よりも成果主義賃金の方が合理的だと思います」別の学生が反論した。

「君はそれだけ成果を上げる自信があるちゅうのんか？」

「あまりないわ。だが、ここでの話しは一般的なことでの話しでしょう」

「自分の立場からかけ離れて話すのは不思議で変や、ねえ先生」

「たしかに自分と照らしあわせて考えるのは自然ですが、時にはかけ離れた話しでもよろしい。議論を深めることに集中しましょう」

「先生、私の友だちがマルチ商法は賢いビジネスで、それで成果を上げるつもりだと言っていましたけど……」

「頭から違法でないところがマルチ商法の問題なのですが、意外と近くまで手が伸びているね。このビジネスはたくさんの加害者と被害者を作ることになりますね」

「まともなことで所得をあげるべきですね」

「普通の企業の話しをしようや」

「企業の側から見て、成果主義の利点は何だろうか」

「成果主義にした方が年功序列よりも企業にとって得なのとちゃいますか」

「そこです。成果主義は労働者は成果を上げようとインセンティブ（刺激）を高めるし、企業が支払う総賃金額は安くつきます」

「日本の企業では成果主義を全面的に実施しようとしているんですか？」

「これもいい質問です。成果の測りやすい営業や販売と管理職で成果主義が実施されており、全面実施ではありません。さすが日本企業、過去の伝統（年功序列賃金と完全雇用）からの変化は徐々に（企業にとっていい効果は上がるが、社員からは苦情の出にくい形での）対応です」

「少し安心しました」

「その年功序列賃金は給料の何割ぐらいなんですか？」

「平成一八年度の内閣府社会総合研究所の発表では六三パーセント、同じ年の韓国政府労働部の発表では四五パーセントです」

「韓国のほうが競争原理は進んでいるわけか。なぜなんですか日本は?」

「日本は仕事の成果とともに社内の和が保てる人柄を大切にします。なぜなら、長期にわたって企業が存続発展していくには良い人柄は欠かせない条件だからです。なにしろ、日本は聖徳太子以来の〝和〟の国だという説もあります」

「人柄やったらまかせとけ」

「しかし、人柄とともに学生時代に(普通の学生とは違う)何かの技術や知的センスを身につけておく必要があります。競争原理の実施によって最高賃金と最低賃金の格差は三〇歳代で一〇五対六二、四〇歳代で一二五対七五、五〇歳代で一三一対八一と年が経つほど開いてきています。ボケっとしてると楽しくない老後がまっているわけです」

「それと、学生諸君はコンピュータから逃げなさんなよ」

「先生、同じ若者でも二〇歳前後だと携帯電話もコンピュータもかなり出来て当たり前になってきていますわ。三〇歳の人とはちょっと違います」

「今日の勉強はどうだった」と賢一が尋ねると、学生たちの目は輝いていた。

「いつもそうですけど、わかりやすかったですわ」「今日はようけ勉強したわ。有難うございました」「先生、僕ら（の学年）が卒業するまでは元気でいてね」「今日はすごく勉強したから、アパートで爆睡しまーす」

こうして議論が深まり、楽しい気分で授業を終えられる時もある。これが卒業論文や修士論文・博士論文の作成となると、問題意識が薄くなっている学生だと教員の指導はさらに大変だ。道頓大学のレベルだと優れた学部生は大企業に就職してしまう。大学院生の方はただ進学したというだけで、研究したいという熱い思いがあるわけではないケースも多い。

道頓大学の教員へ不審な電子メールが送られてきたことがある。追跡できないアドレスを使ってするその行為は大学のネットワーク管理体制をあざ笑うようなものだった。

「道頓大学の技術陣とハッカーの戦いだなこれは」「ハッカーはわれわれが育てた学生かもしれん」同僚たちのこんな声を受けてファイアーウォールというネットワークの防衛処置がとられることになった。

賢一のホームページには掲示板がある。姿を隠す者は発信人が特定しにくい掲示板への書き込みによって人を攻撃する。ある年にゼミへの応募する学生が異常に増えた年の秋だった。不気味な書き込みが続いた。それは次の書き込みから始まった。

「近代経済学だけでいいのに、なぜマルクスに触れるねん。経済学なんかは公務員試験に役立つぐらいのものだ。マルクスは古い」などといったものだ。

日本の安っぽい〝モダンぶった〟軽いインテリたちはわかっていない。欧米の伝統的な大学では、経済思想家としてのマルクスを経済学説史で触れていることを。触れなければ、なぜ二〇世紀に社会主義が世界を跋扈し、衰退していったのかを解明できないからだ。哲学者も、堂々とマルクスを彼らなりに分析する。ところで、この書き込んだ人物が研究者かどうか、男性か女性か、年齢はどうか、どの程度身近な人物かもわからない。わざと、学生言葉を使ってくる。〝触れるねん〟という一句は学生と思わせようとしているとも受け取れる。特に感情的でない、つまり〝掲示板荒らし〟ではない相手なら論戦を展開するのもいいが、そうでない手合いは始末が悪い。こちらが反論すればするほど、陰湿なひどい攻撃をしてくるからだ。発信人の名前は全部異なって、つまり複数の人間を装って、一人の人間が仕掛けてきているのかと思うほどだ。ネット上の犯罪に近い行為だ。気になる書き込みは続いた。

「お前は死にぞこないらしいのう」こういう言い方は学生のように見えるが、教員かもしれない。疑心暗鬼になるばかりだった。

「お前の学歴は大したことはない。なにしろ、浪人して洛南教育大だからな。バカめ。そんな奴のところに集まるゼミ生の気が知れんわ。定員をオーバーしてゼミ生をとるとはけしからんぞ」

「ちょっと、新聞に載ってのぼせるな、ボケ」誰かわからないが、こういう文を書くのは頭の芯まで品位のない心を病んだ奴だろう。いつ賢一が「教授のカウンセリング」をインターネット上でしていることや学外で「出前講義」をしていることが掲載されたことを問題にしている。いったい、狙いは何なのだろう。誰からも嫌われて、ゼミ生も来なくなれば気が済むのだろうか。いい抜け道のない悩みが賢一を襲ってくる。困憊して、ひとり書斎の板の間に布団を引いて寝ようとした時、「何かあったん?」と知恵が来た。説明すると、彼女は言った。

「あなたは弱い人や孤立している人を放っておけないのよ。同情心が強い。でも、相手の反応は鈍い。本能的に他人の面倒をよくみるわけよ。頼まれれば、普通の人が断ることをすぐに動いてあげるからね。実際は八方広がりで実を結ぶことも少ないのに、客(学生)を取られたと逆恨みしてるのよ。今は耐えて放っておくしかないと思うわ。」

知恵の言うとおり、放っておくと今度は何十ページも(単語にならない)コンピュータの機械語のような文字ばかりのスパム攻撃が続いた。相手を困らせて喜ぶ〝不愉快犯〟だ。キャンパスの中はこんな問題まで内包している。

同じキャンパスの空の下で仕事をしていても、日本の大学の教員の中には渋柿でも口にしたような笑顔を忘れた気難しい顔をしている人が多い。愛想はもちろんよくない。表情が豊かでない。学生や院生の方は教員の反応を表情から読み取ろうとしている。また、言葉少なで〝何を認められたのか〟〝何がいけないのか〟がはっきりしない。話し言葉でも書き言葉でもきちんとしたメッセージを渡す必要があるというのに、それには無関心だ。また、ゼスチュアも少ない。学生たちは認められたいという願望は強いのだから、この点も考慮する必要があるだろう。難しい研究がそういう振る舞いを造ってしまったのには一理ある。そして、その気難しさが教授の価値を示すのだと思い込む人さえいる。賢一が見たところ、最も円満な様子の教授たちは明らかに経営学・商学の人たちだ。社長のような風貌の人も多い彼らは考え方やイデオロギーが違っても、破滅的な対立は避ける。これと正反対なのが経営学と隣接する、経済学者だ。経済学者は数は少なくても、学長のポストを得る確率も高い。それは社会の経済的利害にかかわるからでもあろう。難解な数理経済学に取り組むためもあってか、言葉遣いも教授言葉で、普通の人の言葉や言い方と違えているところが（いわば、自然と身につけた）役者のワザなのだ。そして、世の教授たちは研究しているかいないかにかかわらず、〝俺は偉いんだ〟〝貴様たちからは遠い所に存在している〟と言わんばかりの、つまり自分の何が偉いのかがあいまいなまま、偉いという空気で人を煙に巻いてしまう習性を自然と身につけている。これが日本の大学における固有の特徴だ。学生は教員と顔をあわせた瞬間、このことを感じ、心にきざみ、心の距離を取り、自分の対応を決める。アメリカの大学の教授たちは教育にも熱心だ。教室やゼミ室、実験室でこちらの指示やメッセージがうまく伝わり効果を上げなければ楽しくないと感じているからだ。そして、学生による教員評価によって、教員の所得や昇給、退職などの問題も生じるからだ。日本の大学の教員は研究者を志向するような学生や院生を好む。自分が育ってきた経過が理想的だと思うのだろう。だが、一八歳人口のうちで五〇パーセント以上の者が大学進学を希望するようになれば、旧制帝大原理のように行かなくなるのは当然だ。それを〝学生のレベルが下がった〟と言うのもおかしなことだ。大学院の方も研究のレベルに合う院生を入学させていたのを文部科学省の指導で〝定員に満たない大学院の研究科には補助できない〟などということになって、各大学院が定員を満たそうとまるで人買いのように受験生を掻き集め始めるとかつてのレベルよりも下がるのは当然だ。若い人たちのせいにばかりにすべきではない事情があるのに、それはもはや振り返られることはなくなってきた。

それでも、どこの国でも世界をリードする位置にある大学では、優秀な学生や院生に囲まれた教授たちはやはり有利だ。その大学の学生の知的レベルに教員は影響される。教育はもちろん研究意欲にも影響が出ざるをえない。学習意欲の程度は当然留学生にも影響を与える。逆に、教員の意欲を欠いた態度や単位のバーゲンセールをやるような大学では学生の無気力は暗黙の承認を得たかのようになってしまう。

そして、教育などは軽視する。昇進に、そして昇給につながらないからだ。このことが学生に人気のある教員を教員集団が遠ざけ、いじめのようなことも起こす。教育への隠然とした、時に露骨な軽視が教員同士の利害を一致させ、教育へ無関心な教員の居心地のいい自己満足や自己保身を確かなものにする。しかし、学生の教育に熱心だとその教員自身の研究に支障をきたしてしまう。アメリカではその学問分野の何をどのようにどこまで教えるかを大学院で教育する。その必要性が科目になって表れている。日本では形だけ〝○○教育論〟となっていても、それは教育とは無縁のことが多く専門内容を教えるのが実際で、全く名は体を表してはいない。そもそも教育論は存在しないため、看板だけなのだ。そうなる訳はほとんどの教員が教育に正面から向かってこなかったから、そういった科目の看板にふさわしい内容を準備できないできたことにある。最近は情報機器類を使うほど教育成果が上がると勘違いする向きも出てきた。情報機器は授業の手助けになるが、教育の根幹は人が人を育てることだということが忘れられつつある。大学の教員は研究で葛藤する僅かな人たちはいるが、人間としての精神的葛藤のない人たちが多いのではないか。

学者の生態の一面は学会が開催されているときによく見ることが出来る。昼食時や閉会後などにはあちこちに世話になった出身校の教授の周りを弟子たちが囲む。いかにも、従順な前かがみの姿勢をとって囲む。そして、ともかく肯く。彼らの間にだけで通じる（周囲にはわかりにくい）言葉を用いたコミュニティーがたちどころに形成される。

こういう日本の大学事情では、研究で文句のつけられない状態をつくりながら、同僚の様子を認識して、彼らと付き合い、生きていくほかはない。最も罪なのは実は〝毛並みのよい〟つまり難関の大学を出て、大学教授になり、円満な顔つきで厄介な問題に触れないで、定年まで事なかれで過ごす一部の人たちなのかもしれない。変に政治力のある教員は会議となると長時間の自分の発言と横車を押すことを生きがいのようにする。特に、実権を握ることに執着する。仮面だけ教授で中身は品のない陶酔の世界にひたる人たちである。どこの教授会もそういう人たちの自由になるトップを選出してしまう愚を犯すことは多い。自分の出身大学の後輩や先輩に食い扶持を与えて自分も浮上するために、大学の教員は人事を利用する。有力者の間で駆け引きがなされ、会議での多数を確実にしようとする。

どう見てもおかしなことが起こった。ドイツ語の翻訳を自分の著作として並べた文系の若手研究者を押し込んできたことと、募集科目とは分野外の研究ばかりの研究者を強引に採用しようとしたことだ。

「翻訳を自著とするのは剽窃行為ではありませんか」と食い下がる賢一に、彼らはドイツ語のできる仲間の応援を得ようとした。数分後「論文」を見たその人は苦笑いしながら大きな声で答えた。

「これは翻訳だ。論文じゃない」と。期待はずれのその返事を聞いて、学部長はこの議題を即座に取り下げた。

第二の問題は次のように展開した。

「非常に優れた新進気鋭の研究者です」という説明を受けて、賢一は質問した。

「金融情報の専門の人物を募集しながら、デジタル情報処理の専門家を選考してくるのは問題です。もっと広く人材を求めるべきではありませんか」

「いや、この人の業績も学歴もすばらしい。採決に入ります」

「待ってください。これでは学生のためになる教員人事にはなっていません。議論も尽くされないまま採決は変です。このような人事をもてあそぶ行為を許してはなりません。教授会構成員の皆さんの良識を問いたいです。」この一言で、実は会議の大勢は大きく変わっていたが、駄洒落で笑いを取り、強引な学部運営をしてきた学部長たちはこの変化が読めていなかった。時間をかけないことで乗り切ろうとしてきた。しかし、この採用人事案は見事に否決された。組織も学閥も無関係の賢一のこの一発の発言に賛同する教員が三分の一を超えてしまった。ほとんどの人がこの予想を裏切る結果に驚いた。賢一は大学のあるべき観点を得意の話術で圧倒してしまった。この身の丈以上の行動に対してはやがて激しいしっぺ返しが準備されることになる。

大学という看板の内実はこういう日常になっている。だから、不毛の長時間の会議が続いても、それが一体学生のためにどれだけ役立つ議論なのかについて振り返る人は少ない。なぜなら、自分たちのためになる話かどうかでの判断がどうしても優先されるからだ。学生にとっても大学時代の思い出（それが出来る者にとって、そして結果の良し悪しとは関係なく）は恋愛か旅行か異文化との接触での一過性の感激かぐらいでしかない。勉強や研究への没頭が思い出になる者はかなり少数である。ある狭い部分の技術を身につけるだけなら、専門学校のトップ集団でなしうる。心の通わない大学、存在意味がぼやけていく大学、大学へ入学すればなんとかなるわけでは決してない……問題は根深い。

7　ベラフォンテ

大学教員が六ヵ月か一年海外で研修や研究ができる〝在外研究〟。これに出かけることが賢一にも認められたのは五〇代も終わりにさしかかった頃だった。欲張って、中国の大連理工大学・北京市の清華大学とアメリカのシカゴ大学・韓国の仁荷大学校の四校に次々滞在することにした。

大連は中国の中でも、日本人と日本企業が最も過ごしやすいところと聞いていた。過去の不幸な歴史があるとはいえ、戦前から日本との関係が深いこと、地理的に近いことが根本にあるのだろう。日本企業は三〇〇〇社――のうち、大企業など七〇〇社――が社内を日本語を基本用語で使うことが出来るという世界でもめずらしいところだからと友人の陳在夏からも薦められた。だから、北京や上海とは違い、日本語を勉強したい中国人が大変多く、街中で中国語でやりとりに手こずっていると横から割り込んでくる人がよくいる。〝生の日本語を話す人は値打ちある〟と積極的だ。大連市政府も外国と外国企業の中では、日本の企業だけを特別扱いして、日本企業の代表たちと年三回の打ち合わせ会を開いたり、日本デーの取り組みをしたり、テレビの大連電子台が東京のすみずみ紹介のような番組を作ったりしている（みんな心にはわだかまりはあると思うが……）。大都市で反日デモもなかったところだ。この市は中国でただ一つ「国連人間居住賞」を受けた都市に入っている。

中国からの留学生をゼミで受け入れてきた賢一はもう一〇回を超える中国への旅だが、いろいろと納得いかないことは衣食住などでもたくさんある。これもお国柄だと、どこの国でもそのまま受け止めてはきたが……、バスで席を譲られることがよくあった。日本人は〝さすが儒教の国だ〟などと反応しやすいですが、それは違う。儒学という学問が昔あったということで、儒教は生活の中で忘れられている（良くも悪くも儒教的結束が根づいているのは韓国だ）。

彼は中国語を一から勉強しようと、学生の席に座って一日四時間の中国語講座を四ヵ月受講することにした。外国人とコミュニケーションをとるのに相手の国の言葉で話すことは望ましいことだと思っていたからだ。普通、在外研究をこのような語学の特訓で過ごす人は少ない。ましてや年がいった人はもっとゆっくりと旅行などで過ごす。

実際は三月から始まっている講座へ、一ヵ月遅れで授業に出席したハンディはかなりのものだった。クラスは一〇段階輪切りの能力別で、下から二番目のクラスから始めた。そして、ここを仕切るルールは中国語がどれだけ出来るか、ＨＳＫ（漢語水平考試）で何級の力があるのか、今どこのクラスに入っているのかがすべてだった。判りやすい区分だが、日本で力をつけてこなかった賢一のような者はまずは評価されない。

最初に教室へ入った時は不安だった。テキストはもちろん中国語だ。使うことのできる言語は中国語だけ。席についてすぐ老師（先生のこと）は自己紹介を求めてきた。日本では入門のＣＤしか聞いたことしかなかった賢一は冷や汗だらけになりながら、ともかく答えた。中国語しか使えない、手加減なしの指導で、顔がゆがむほどのショックだった。これから四ヵ月の生活がどれだけ大変なものか一瞬で不安と陰鬱さが頭をよぎった。無理もない、今まで教える側で指導してきた立場が学生・生徒側に座ることになるのだ。大学教授のプライドも何も金繰り捨てなければならない（普通なら大学教授は馬鹿くさくて、こういうことはしないだろう……）。いい年をして困ったことになったと賢一は思った。四月初旬の大連は青森県ほどの寒さで（暖房は三月末で切られており）、賢一は喉からの発熱、咳、くしゃみ、鼻水が続いた。心身両方の不調で食欲はなくなり、頭の芯でメギッという音がするのを感じた。老いに近づいているのをみとめざるをえなかった。

黙って聞いてばかりではストレスを募らせるようなものだから、賢一は得意の奥の手をすぐに用意した。一つは授業中質問する言葉や文を二〇個ほど用意して実行することだ。二つ目は新聞やニュースの題字を使ってだれかれなしにキャンパスにいる学生・守衛さんや掃除婦さんに話しかけることだ。三つ目は駄洒落を調べ出して使うことだ。これでも、ぺらぺら喋る古株の留学生には遠く及ばないが、話すことで少し気分は落ち着く。

日本の年配の人たちは日本で暮らすよりも、格段に生活費が安くつくので、それを目的に滞在する人もいた。何しろ留学生寮の一人部屋の部屋代は一日七米ドル。毎日、塩辛い漬物七種と粥の朝食と金曜日の豪華な、といっても二つ星ホテル程度の夕食が無料で付いている。授業料は半年で一〇万円。物価は公共バスはどれだけ乗っても一元＝一六円、瓶ビールが三元、散髪代は五元。世界でも日本人が過ごしやすいところの一つだ。だから、長く居る人は五月の連休などは成都や長春の方へと旅行に出かける。賢一はいまひとつのヒアリングとすごくいい時とへたくそが混在するスピーキング、そして単語の暗記のために特訓を続けた。厳しかった母の貞が生きていたら「今までで一番勉強したね。もっと若いときにしとかな」とギョロ眼の奥から複雑な光を見せて苦笑いすることだろうと思った。

賢一の職業のうわさはすぐに広がった。「現職の教授が来てるって？」「大学の授業をさぼって来とるのか？」「中国語はできるのか？」……好意的な人、悪意に満ちた人、陰口を叩くのが習性になっている人……いろいろだ。中国語がうまくないので、それ以上の自分の真実の姿や弱点（入試に失敗したことや、自殺未遂をおこしたこと）をさらすと馬鹿にされるだけだと思えた。大連の中国語教室では、勉強する人たちが集まっていることで有名な講座だ。音をあげるわけに行かないというわけで、一ヵ月経つと少しだけなれてきた。

ある日、鈴木道夫さんというお年寄りが「室町さん、私は高齢で日本へ帰ることになりました。あなたならこれらを生かしていただけると思います」と袋包みを渡してくれた。中には、味付け海苔や梅干の残り、使い込んだ辞書、テキストのほかにカセットテープが入っていた。その中に、昔聞いたハリー・ベラフォンテの六〇分テープがあった。そこには「バナナ・ボート」「マン・ピアバ」「ママ・ルック・ア・ブーブ」などのカリプソの名曲がたくさん入っていた。いずれも、明るすぎないし暗すぎない。働く黒人たちの楽天性が感じられるところが暗く焦りがちの賢一には救われる気持ちになった。今の賢一にとっては高校時代のなつかしい曲ばかりだった。音楽は人の心の傷も癒してくれる。賢一は落ち込んだ時、元気になろうとする時、このカセットを聞くのが楽しみになった。

やがて、ここでの日本人の生態がようやくわかってきた。ここに集まっている約半分の日本の年配留学生はリッチではない。そして、大学はいないが、元教師や企業の幹部として仕事をしてきたインテリが多い。だから、気難しい人や内向的な人が多く、中国語の勉強と中国での過ごし方について、イッパシの口を利く。そして、それに反発する凡人の年寄り（これがなぜか大阪の人に多い）集団（彼らは最下層のクラスに群れて文句の言い合いをするのが挨拶のようになっている）との潜在的な対立もある。人間、個人も集団も穏やかなだけではアクセントが付かないのかもしれない。少々ひどいものの言い方や振る舞いは必要悪なのかも知れない。家族の中で、自分だけがこういう自由（軽い集団的軟禁生活ともいえる）をいただいたので、なんとか中国語をマスターしたいと気ばかりあせった。

しかし、左翼らしい人も含めて、日本人の韓国人に対する目の多くは見下したり嫌悪を表すものだった。韓国の若者が土曜日の夜になると羽を伸ばして、コンパをしている部屋へ怒鳴り込む日本の年配者がいた。日本人と韓国人の接触はわずかしかなかった。

この中国語教室で賢一が狙ったのは、いつもは教える側に立つ賢一が教えられる側（学生・生徒の側）に座って得たことだ。ここからは、教師の思い、学生の思いがよくわかる。ただし、いい年の自分を実験台に載せなければならない。

まず、教師というのはどうしてもきちんとした答え（この教室では、発音や聞き取りと問題への解答）を求める。そして、見えにくい字のこと。日本の大学の先生は〝字など大したことではない。教えている中身こそ大切だ〟〝けちをつけるために黒板の字が見えにくいなどと学生は言うのだ〟ととらえがちだが、見えにくい字があったり、整った形で書かれていないと学生側にとっては本当に困るのだ。教師の方がひとりひとりの学生の能力を理解してくると、問題の難しさによって当てる学生を変えることがある（席の順に答えさせていたのを変えて）。外されると〝私は出来ないと評価されているのか〟という思いがよぎる。賢一も予習が手薄だと、〝早く授業が終わってほしい〟とみじめ気持ちになることもしばしばだった。

学生はやはり先生に認められたいという思いや、そして、よく出来る学生に対するやっかみはある。口では〝よくお出来になる〟などとは言っていても……。自分が問題に答えられなかったり、教師からしつこく厳しく追及されると嫌気がさす。些細なことでやめてしまいたくなる場面はよくある。そして、一番出来る学生がどこか（別の教室）へ行ってしまうと、必ず次の能力を持った学生が頭角をあらわし、教師もそういう学生をほめたりして授業をすすめる。学生の気持ちが実感できる。

ある日本人が教師の教え方について激しく注文をつけたことがあった。「もっとジェスチャーを入れ、ゆっくり授業を進めるべきだ」と。教師の方は〝内容も理解していないくせに、文句を言っている〟と感じたのだろう。また、あまりにゆっくりした授業のすすめ方では授業が成り立たないと感じたのだろう。教室は静まりかえったが、聞きおくという感じで授業は再開された。過去において、皆こうして上達してきたのだから、学生も無理をして勉強してこそ身につくのではという考え方はよほど特殊なことがない限り、やはり正論なのだと思った。しかし、たとえ学生にとってつらいことがあっても、授業が面白い。笑いが絶えない教師の場合は救われる。中年男性の李迅老師はいたるところで、面白い例文を上げ、物まね風の動きを見せた。先生自身が笑顔の時がほとんどだった。それに比べると、日本の大学の先生は難しい顔の人が多い。学生は自分や自分たちと教師の心の距離を感じながら接しているのだから、教師にもっと配慮が要るということだ。

学生同士の人間関係の点では、日本の小中高の生徒の人間関係と同じことが現れる。まずはグループに分かれる。仲間で食事に行き、勉強の話をする。人の悪口で盛り上がることも多い。誰か孤立する人がいつか出てくる。偏屈で面と向かって相手の悪口や具にもつかない自慢をする人もいる。その上、恋が生じるとなると、これは格好の噂話となる。恋人がよく変わる人の話、子供を堕胎した女性のこと、売春婦に溺れる男のこと……、それでも中国語を勉強する人がいる。よく両立できるものだと賢一は思った。

一つ上のクラスには韓国の若い留学生がかたまっていた。彼らの発音はきれいだ。私がハングルで自分の名刺に自分の名前と大学名を書いたのを見せると、一気に群がってきた。コミュニケーションをうまくとるにはお互いの共通点を話題にすることだ。「韓国語（ハングル）の七〇パーセントは元は漢字で、しかも共通する発音の単語も多い。〝重要〟はチョンヨ、〝安寧〟はアンニョン、〝関西〟はクヮァンソ、〝心中〟はシムジュンと発音が似ていること、特に〝南〟という字をナンと発音するのは韓中日三国に共通していること、干支は全く同じだよ」と話すと素直に肯く。いろいろなことを吸収したい意欲が満ちていいて楽しくなるひとときだった。

授業と予習復習ばかりでは気が滅入るので、賢一はいろいろな人との接触を図ることにした。五月の初めに、神戸ソフト社が大連理工大学で中国人を募集する面接に立ち会うことになった。だらだらと、時間の区切りもなく、中国人の考え方も知らず（特に、中国では長期持続的に同じ会社に勤めたいという発想はないのが当然）、挙句の果ては面接官が居眠りしているので、ブチ切れて「何をしてるんだ。居眠りされ、やる気のない面接で、しかも、口を開けば中国を見下した態度で……。学生たちがあなたの会社に就職したいと思うか」と一喝した。面接は単なる問答の場ではなく、〝いかにわが社がすばらしい会社かをアピールする場でもある〟のに……と。ただ、安い給料で使ってやるというだけではだめなのは当然だ。まして、この大学は中国の五〇〇ある大学のうち一〇位に入る国家重点大学だ。こんな会社へは就職しない方がいいとさえ思った。夕方まで付き合って、こんな人たちとは飯は食えんと思い、宿舎へ帰った。憤りで、帰りのバスの中でつり革をつかむ手の震えが止まらなかった。ソフト社の社員は賢一にくってかかったが自分はおかしいのだろうか。時間が経って、この場面が自分の頭から消え去ればいいと思った。日本人の日常の一端を見た思いだった。

「おとうさん（知恵は賢一のことをこう呼ぶようになっていた）、もう二週間もメールも電話もくれないので心配です。大丈夫なん？」賢一は知恵の丸い顔を想像しながら電子メールで返事を書いた。

「知恵さま
　君の顔は昔、天安門の前で撮ったツーショットでいつも見ています。これを覗いた人から、奥さんは美人やなあと言われました。うれしかった。

　中国語会話は少し出来るようになりました。僕の発音がきれいだと言ってくれる人がちらほら出てきました。自信がついたので、一人で方々へ出掛けています。

　しかし、大阪弁が混じってしまうことが一度ありました。三日前に、現代博物館というところへ行ったとき、学生割引が五〇パーセントと書いてあるので、留学生証を提示しました。受付は『あなたは老人《ラオレン》です。この留学生証ではだめです（不是《プシィ》）』と言いました。懐も少なかったので、『なにがプシィじゃ』と大声で言うと、『わかった』と言って五〇パーセント引いてくれました。一緒に言った人は静まり返っていました（反省）。

　また、私が理工大学で講演したり（そして以後、僕が二〇〇元を街角で使っているのを見かけてか）、『あの講演は飯のタネだね』と（夕食の食堂の場で）踏んぞり返った年配者に言われた。『言っておきますが私は飯のタネで講演したのではありませんよ。こういうことを言ってもらってはこまりますなぁ』と厳しく反論した。他人の陰口を生きがいにし、いつも家柄を自慢する人なので『たかが地方豪族めが』と言いたかったのですが、それを言うのは止めました。

娘の良が来るのを待ちわびています。

眼が悪くなりました。家へ帰ったとき、君の顔が以前のままに見えることを願って。

賢一」

七月の末、賢一の娘の良が大連を訪ねてきた。大学で数学ばかりやっているせいか、化粧はもちろんのこと、飾り気のない風体だった。

「お父さん、今回は日本では食べられないものを食べるのと、庶民の暮らしの場をこの目でみたい」

「数学の勉強の息抜きだな。中国の大学生に連れていってもらおう」

良はたった四泊五日の予定だ。では、最も安くてまずい食べ物から始めて、だんだん美味しい料理を食べさせよう。最後は高級な本場中華のフルコースにしようと賢一は考えた。ガイドは地元の姜秀麗《シャンシウリィ》さんという女子学生に頼むことにした。

良は茶目っ気たっぷりに、「ニンハオ」と握手の手を差し出した。似てほしくないところが親に似るというが、こういうひょうきんなところは賢一そっくりだ。

「ここが学生寮です。全て八人部屋か一〇人部屋で二段ベッドです。良さん何でも質問してください」姜さんと良は同じ二五歳。すぐに打ち解けていった。

「お風呂と洗濯機はどこにありますか？」

「大きなシャワー室の建物が近くにあります。風呂は中国人は好みません。他人が入った後は汚れるし、風呂に入る習慣がないのです。洗濯機は各階に一台あります」

「たくさんの人なので、ここでは勉強できませんね。どうしますか」

「夜一〇時まで、図書館や教室が開放されています。皆そこで勉強します。おもに、小テストや期末テスト、資格試験の勉強がほとんどです。部屋は雑談の場ですから」

賢一は気になることを尋ねてみた。

「一〇人部屋で一人がいじめられ、孤立することはありますか？」

「ありますね。かなりひどいことになることが多いです。」人のすることに変わりはないということか。弱い者はかわいそうだ。

学生寮から外へ出た時のことだ。みんな魔法瓶を持って給湯所へ行き、湯をもらって部屋へ向かうのだが、女子学生の手から魔法瓶が落ちて、ガチャンという激しい音が響いた。「良、早く上の窓の方を見なさい」と彼女を振り向かせた。男子寮のどの部屋の窓からも顔が一斉に出ている光景が目に入った。楽しみは少ないし、勉強するしかない毎日は退屈なのかもしれない。

「次は私の住んでいるところです。大学院へ入ると狭いですが一人部屋に入れるんです。来てください」姜さんが言うのでついて行ってみた。かなり古い建物だったが、共用のトイレと台所は薄暗く汚れていて、廊下にはみかんの皮や踏み付けられた新聞紙などのゴミが散乱していた。

部屋の窓枠ははずれ、風が入っていた。賢一と良は息を飲んだ。

「冬、風が吹き込みませんか？」良は遠慮がちに尋ねた。

姜さんはきっぱり答えた。「大丈夫です。テープでとめますから。冬はスチームで集中暖房もします」と、問題ないという答えだった。

良はさらにキャンパスの外の工人街《コンレンチエ》という労働者の住宅街へ行きたいと言い出した。アパートの作りや間取りは中国国内どこも同様だ。しかし、古い平屋となると住環境は極めてよくない。とても勉強など出来ない薄暗いところだ。見慣れない賢一と良の顔を見て、眉の濃い大男が何か怒鳴ったので、あわてて引き返すことにした。

「あーぁ、こわかった。けど、いい勉強させてもろたわ、お父さん。」中国全土で住環境が改善される時が本当に中国が豊かになったという証だろう。良は面白いことも言った。「お父さん、中国でも女の人の方が男の人よりも沢山喋っている。それと、お菓子をもっているのも女性だわ」と。

帰国前に中国人大学院生の集まりで講演したときの質問と答えはまさに〝暮らしと経済〟がテーマだった。

「中国が豊かになるためにはインフレーションを激しくすれば良いのではありませんか」とい

う質問だ。

「どうして、そう思いますか？」と逆に問うと、

「たとえば、物価が倍になれば、人民元の価値も上がり、中国のGDPは倍に計算されるではありませんか」との説明だ。

「名目賃金（貨幣賃金）を物価指数で割ったものが実質賃金です。分母の物価が二倍になれば、名目賃金が物価と同様に二倍にならなければ、実質賃金は下がります。暮らしは苦しくなり、民衆の不満が高まりますよ。二倍なんかになれば反乱も考えられるね。そういうことで、GDPが簡単に増えるならどこの国でも実行するでしょう。これは出来ない相談ですよ」

同じ問題を日本の学生はこう誤解する。

「中国人の給料が一ヵ月三〇〇〇～五〇〇〇元（四万～八万円）でよく生きていけますね」と。

これには

「日本の物価水準の中で暮らしているわけではありません。卵一〇個で三元、牛乳二五〇ミリリットル一二元、豚肉バラ五〇〇グラム六元、バスはどの区間も一元という物価水準です。物価と賃金は概ね連動し、その国の製品の努力や技術で伸びていくわけです。実質賃金の意味がわかっていないといけません」と答えることにしていた。

「中国経済が伸びるにはどうすればいいですか？」と問われて、

「自らの能力を生かしてすばらしい製品を開発することです」と答えた。それでもなお、話が集中しないと、

「中国のことは中国人が考えるべきではないのか」捨て鉢に言うと、思いもかけない万雷の拍手がおこり、「対《トイ》（そのとおり）」という叫びが聞こえた。素朴な良さは確かだ。中国に各種の技術革新の波が現れる時代が日本にとって決定的な脅威となるだろう。経済は日常の反映そのものだ。

中国人学生と話していて、受けるのはこういう経済の授業でなくて〝成功〟についての雑談の方だ。

「日本の教授、早く金が手に入る方法はありませんか？」

「そういう漠然とした夢のままではお金は入ってこないんですよ。大体、金とは何かがわかっていない」

「どうすれば、いいんですか？」

「では、とっておきの話をしましょう。もちろん経済学の話ではありません。自分を伸ばすために当面やりたいことは何かをはっきりさせることです。そのために、どれだけのお金がいつまでに必要かが、成功の根本です。一生、つまらない人生をおくる人はいつまでも夢・願望のままなんですよ」

「成功、即ち金ですね」

「違う、金ではない。金は人生を充実させる手段であって、目的ではありません。豊かさとは果たして金なのか考えてみましょう」という問いかけに、日本の学生は一歩下がって考えることもあるが、中国人学生では少し異なる。目先の金銭しか頭の中にない人の場合、まずはここで大きな戸惑いを覚える。

「そして、いつか訪れる創業のチャンスや投資の資金を準備していくことです」

「先生この大学には、ロシア連邦からの学生も留学していますが、サービスが価値を生むということがわかっていませんよ。なぜですか」

「スラブ系民族に共通しています。それと、社会主義の経済学では生産的労働だけが価値を生み、サービスは価値を生まないという原則がありましたからね」

「つまり、製造業でもサービス業でも価値を生むから、資金を貯めなさいということね」

「こつこつお金をためる人はここ中国の大学院生でもいますね。私のよく知っている人で新築アパートを購入して高くなった時に売却しようと頑張っていますが」

「問題は目標や意欲の有無でしょうか。危険を冒してでも投資することが大切なのでは?」

「目標や意欲という点ではほとんどの人がこれに欠けます。計画されたリスク（プランドリスク）は無謀さとは異なります。この点を理解しておくように。それでは、成功する人と一生凡人で終わる人の考え方の違いはどこにあると思いますか?」

「することが大きいこと」

「少し詳しく言いましょう。金に関して言えば成功する人たちは結果ではなく、収入の増加していくプロセスや自分が成長していくプロセスに喜びを感じます。ということは、自分の生きるプロセスを良く見つめる人でなければ勝てない。また、誰でも成功は可能だと思っています。これに対して、大量の凡人は大金が入る事が成功と思っています。また、成功する人は特別の人と思っています。ここが全く違う」

「ずるい人間しか成功しませんか」

「ある程度の要領のよさは必要です。ずるいかどうかの問題ではありません」

「ほかにはありませんか?」

「いつも自分に役立つものは何か、吸収できるものは何かを求めて意欲的です。そうでない人は関心が定まっていないため、気まぐれや思いつきで行動します。マナーもきちっとしています」

「きちっとしていない人はマナーもだめか。そのとおりだ」

「先生、大阪では阿呆といいますね。東京では馬鹿や。阿呆っておかしい。」外国語大学の学生は他と違って、発声練習がしっかり出来ているためか声が大きい。こういう言葉も響く声で言ってくる。

「そういう言葉は知っているだけでよろしい。あまり使わないように」

「さて、成功する人は責任の所在が自分にあることを知っています。責任を転嫁しません。成功できない人は責任は他の要因や他人にあると考え、当たったりします。伸びる人は失敗の経験を生かしますが、そうでない人は反省やその原因を分析しません。」こういう話への反応が一番よい。そうなる原因ははっきりしている。（言葉の壁を越えて）中国の若者が是非成功してほしいという賢一の願いが伝わる。現代の中国では、意欲はあっても、どうすればいいかその方法論で迷っている人がほとんどだ。だから、目先の動きばかりが関心事になってしまう。このやり取りを聞いていた、日本語教師の香川佳子が言った。

「先生、本質的に学生が好きですね。接し方が優しい。でも、私は違う。聞き分けがない学生がいて嫌になることが多いですから。」賢一にそういう意識はなかったが、うれしい一言だった。

五月の半ば、背のすらりと高い、四〇代後半で、元教師とすぐわかる福田寅子がやってきた。日本の中学校の職場は賢一の大学のすぐ近く、生まれ育ったのは京都市でと共通する話しを挨拶がわりにかわしあった。それまで、話しの合う人がいないこともあって、会話は一気に弾んだ。

「ええ、北野の天神さんへ毎月行ってたて」

「京都駅前の丸物（百貨店）を知っている人はもう少ないわ」

「僕も子供の時、その天神さんの近くの上七軒の歌舞練場へ祖母が連れて行ってくれたことがある」

「室町さんは生徒にとけこむお人やね」懐かしい京都の言葉遣いだった。

「何か、話しが合うわぁ」

「私の学校にも何回か大学教授が見えましたが、なんであんなに偉そうなんですか？」

舌のよく回る人で、会話は楽しかった。彼女は未練を残して中学教師を辞めた様子はなく、教師時代の体験を楽しく語った。室町賢一にとっては、他の人たちは年配者というより堅物の老人や話しかけにくい人も多く、話し相手不在だったため、心の窓が開かれた感じだった。ありがたかった。

顔をあわせて三日目、福田寅子は不思議な話しを始めた。

「室町さん、実は私、昔あなたをよく見かけたんですよ」

「えっ、どこでですか」賢一は何か自分をよく知っているか、調べている人物かと警戒した。

それまでの打ち解けた気持ちが吹っ飛んだ。

「洛南教育大学ですわ。あなたの二級下で英文科にいました。お嬢様みたいな方とよく大学の中を歩いてられましたわね。」間違いなく、富士松代のことを言っている。〝こういう話しをする目的は何なのだろう? 公安の関係者なのだろうか。もはやマークされなければならないことは何もないはずなのに……〟。案の定、福田寅子はずばりと尋ねてきた。

「組織はやめたのですか」

「そうですよ」

「今も心の中で、味方されてません」

「私は私でどんな組織とも無関係で生きてますが」

「そうですか。それはそれは」賢一にとって、昔を掘り返す気味の悪い話だった。

一週間もすると、福田寅子の話し方は教師そのものの、何かいつも怒っているようなきついものになっていた。遠慮がなくなったのか。賢一が御しやすいと見られたのか。こういう上から目線の言い方は学校の現場を反映しているのかなと賢一は思った。手に入りにくい、日本の食べ物をくれたり親切なところもある人だったが……。キャンパスのモニュメントをバックに写真を撮ってあげるという人がいた時、長身の彼女は極端に背をかがめて賢一をからかった。「やめてくださいよ」という賢一の言葉を無視して、シャッターを切る人の前で、寅子は何度も何度もそれを繰り返した。何が賢一に不満なのか知らないが、〝これで学校の教師をやってきたのだろうか。もし、背の低い子がいたら同じようにするのだろうか〟と疑念が広がった。それ以外は英語もできる、きちんとした人なのだが……。賢一はその後は大連の観光地を案内したり、彼女が関心のある、大学の教室の様子を伝えたりした。この人が救えるのは他人に厳しいが、自分にも厳しい謙虚なところがあることだった。

そうこうしているうちに、新たな人物が教室に入ってきた。

「そうそう、ここに室町教授が居らしたんだわ」と東京なまりの言葉が教室に響いた。井田夕というその人は二九歳で一児の母だった。とても、人なつこい人だった。

「やぁ、室町しぇんしょん（先生）。この間、理工大学で講演された記事は地元の雑誌で拝見しましたよ」と、賢一の胸をポンとたたきながら、幸せそうな笑顔いっぱいに大きな声で言った。この人は教師との中国語のやり取りもうまかった。答えがまちがっても「何だろう？　これは」と〝何《ナン》〟にアクセントを置いた東京人の言い方でつぶやいた。そして、先生を中国語〝しぇんしょん〟という発音で言うのが癖だった。

数日経つと、「室町さん、足裏マッサージに行きましょうよ」と言うので、教室の皆をさそってみた。誰も行く人がいないのがわかると、まだ「行きましょうよ」と繰り返すので賢一は「わかった。行こう」と答えた。

異国の地で妻以外の三〇歳の女性と二人で歩くのは、後ろめたさがあった。井田夕は歩きながら「室町さんて、優しそう」と何度も言った。その目鼻立ちや相手に気を使う雰囲気が〝自分と似ている〟と賢一は思った。

建物の外も中も紅色で塗り固めたその足裏マッサージへの店までは公営バスに乗って二〇分。そこは怪しげな店で、やたらと店員がチップを要求する店だった。チップを断りつづけ、早く時間が過ぎないかと井田夕もやきもきした。金にならないとわかると店員の態度は一変した。逃げるようにして二人はその店を後にした。

「あんな店とは知らないで、ごめんなさいね」

「変わった経験をしましたよ」

それから、カバンを買いに行くというので付き合った。彼女は布バッグを三つ買った。賢一は値切るのを手伝った。

「井田さん、ひとつ教えてほしいんだけど、女性は結婚すると強くなるものなんですね」

賢一は彼女の言葉に合わせて、話し方を標準語モードにした。

「強くなりますよ。結婚前は少し女っぽくても、結婚するとじめじめとした様子はしていられないんですよ。しぇんしょんのところは旧家でご立派だから奥様もすばらしいお方なんでしょう」

「普通ですよ。家族を大切にすることを第一にしていることが夫婦の絆です」

「さすがは室町しぇんしょん、正論ね」

これ以上、親しくするとよくない気がして、この方との付き合いはたくさんの人たちとの中ですることにした。考えれば賢一の長男の純と同い年。親子の会話のようだった。

「そう、室町しぇんしょん、六〇歳と初めて知ったわ」と夕が言った時、賢一は異質な空気を見逃さなかった。少し離れた席で寅子が顔を上げず、そのままの姿勢で冷たく微笑んでいた。

この留学生寮には古参の人も多く、ある日七年間日本へ帰国しない独り暮らしの、長老の田元鉄治さんというお爺さんもそうだ。彼を誘って、男女七人で食事に出かけることにした。田元さんは軽い半身麻痺で足が弱くなった彼の手を引いて一〇分、レストラン黄河大酒店へ着いた。元運輸省の幹部養成学校の教官だった田元さんは口数は少なく、人の悪口は一切言わない実直な人で、中国語の力も群を抜いていた。これほど長く大連のこの留学生寮で暮すというのは（生活費と授業料合わせて）一年間を一〇〇万円ほどでやっていける物価の安さと寮の安全があるからだ。

食事に誘ったのはこの人と中年男性の辛い会話を耳にしたからだ。梅雨はほとんどない大連の六月の朝食の時、隣のテーブルの留学生の男が大きな声で差し向かいの田元さんに言った。

「田元さん、もっと人と話せんと病気になりまっせ。」その男は善意のつもりなのだろうが、その会話の行方にひどいものが来ると思えた。

「……」口数の少ない田元さんは震える手でゆで卵の殻をむきながら、相手を見つめた。

「私の知っている年寄りがねぇ、人嫌いでやがて孤独死しましてん」

「私には訪ねてくる友人もいますから……」そのとおり、口数は少ないが田元さんには話し相手がいた。その人と写した写真がいくつも部屋の中に置いてあった。

「日本に帰る家はありまんのか?」何かの事情で長期滞在しているにはわけがあるのに決まっている。それを聞き出そうなどという人はいなかったのに、この下品極まりない男は無遠慮に非情な言葉を投げた。言うこととすることが一致しているといえば聞こえはいいが、単にデリカシィに欠けるだけの男でもあった。場所柄や相手によってモードを変えることのないこの男は田元さんを睨み付けるようにして、食事を済ませ先に立った。一人で粥をすする田元さんはきっと、過去にもこういう嫌な場面は経験済みなのだろう。静かに食事を続けた。地球上でかわす人の言葉の中には、どれだけ多くの言葉が人を傷つけてきたことだろう。これは金の有る無しとは関係のない人の性だ。言葉を駆使する能力を備えた人間ならではの仕業だ。

その日、田元さんはデジタルカメラを手に、楽しそうに鍋をつついた。七二歳の顔の深い皺はさまざまな思いを刻んで、長い人生できっといろいろあっただろうが、口には出さず、食事を楽しんでいた。偶然、田元さんの両横には看護師をやっていた四〇代の女性二人が自然と世話をしていた。だれも、彼の家族や過去のことについて尋ねはしなかった。しかし、彼はポツリと言った。

「七年も住んでいると物が増え、部屋の中は雑然としてしまいます。足も悪いので片付けるのは大儀になる。だが、私はこの大連で生まれた。ここで死のうと思っています。死ねば部屋のものはすべて片付く」と。普通、日本人は六〇代に入ると、身の回りのものを片付ける。減らす。なのに、彼は物を捨てない。そのことからこういう話をしたのだろう。寂しさなど超えた境地のようだった。留学生寮で集団生活をしていると、他人の非が見えてくる。その悪口を親しい仲間で共有する。孤独や孤立を避ける自然の対応なのかもしれない。

やさしい人たちでの会食だったためかもしれない。本当に思い出深い夜だった。中国語を自在に使うことで生きがいはもっている。アルツハイマーになるかもしれない恐れも自覚しているだろう。田元さんも孤独の辛さは良く知っているはずだ。しかし、孤独を恐れないし、すでにそれを乗り越えている。少なくとも、死を怖いものとは思っていない。賢一は田元さんという人は〝君子の交わりは淡き水のごとし：君子之交如水〟そのままの人だと思った。なぜなら、彼の中からは俗で猥雑のものは捨て去られていたからだ。

賢一は中国で多くの日本人、韓国人、中国人、ロシア人と知り合った。孤独を味わう一方で、人と話したがるというタイプなのだろう。「先生、私の就職先を決めてください」とか「日本の大学院を紹介してください」という若者もいた。これをまともに受けて可能にしてみようと賢一は動いた。が、成就できるのはわずかで、決まってても本人が断ってくることもあり、空回りになることが多かった。

夏休みを前にしたある日、テキストの予定していたところまで終えようと紅潮した顔で教室に入ってきた。呂紅《ルユホン》先生は四〇歳ほどの若さで元気そのものだ。テンポの早い教え方で小気味よかった。小柄で眼の大きいところが母の貞に似ている。活発な彼女はものすごい速さでテキストを説明し始めた。一〇分ほどたって、舌がもつれ、教室の皆から思わず笑いが漏れた。その後だ、呂先生はペッと教室の床に血のついたつばを吐き捨てた。一瞬教室は静かになった。中国人のマナーの悪さは聞きしに勝るものだ。しかし、この先生の情熱あふれる授業にはみな好感を抱いていたので、悪く言う人はいなかった。こういう素朴さは中国人の魅力だろう。

知恵は一人で過ごす半年、好き勝手に出来る半年と期待していたが、雑用の山に阻まれて疲れているようだった。

「お父さんが朝晩家の中や外でしていた雑用がこんなにあるとは思いもよりませんでした。このお盆は俵と室町のお仏壇とお墓のことをしたり、子供たち三人と私の両親と連絡を取り合うこと、与謝さんへスイカを渡すことなんかで忙しかった。でも、こういう機会は二度とないかもしれないから、ぜひ楽しんでほしいわ。」恋文が着た時のように賢一は何度も読み返した。離れがたい夫婦の絆を感じた。しかし、いつか賢一が〝もし、生まれ変わった時、また夫婦になりたい〟と言った時、黙っていたのを思い出した。

賢一は知恵に近況報告を書いた。

「ともかく、六〇歳になってもう一つの外国語が話せるようになったのはとてもうれしいよ。でも、苦しむのは日本人との人間関係でね。ここには先生をしていた人たちも多く、人の意見になかなか肯かない、人の気持ちを考えない、断定的な言い方が多い。特に独身女性で五〇代以上の人たちには閉口します。彼らの特徴は中国語が出来る人・出来ない人についての区別が激しいこと、（教師という仕事柄、仕方がないのかもしれない）独り言の多いこと。知恵ちゃんなんか、何の問題もないいい人なんですよ……これは実感です。このことは純にも電話で話しましたが彼は「そうだよ。お母さんはやさしいよ」と、はっきり言っていました。嫉妬・ライバル心・いじめ・孤立化・非常識（挨拶の仕方も知らない人やあつかまし過ぎる人）・陰口・ケチ付けなどが渦巻く中で過ごしています。これでは、若いもんの見本にはならないわ。しかし、中にはとてもやさしい人もいますが、その人たちの多くは若い。

小さい字が見えなくて困ることがあります。君の顔は変わってないね。帰ってから、ちゃんと見えないと困る。

北京にいる教え子の呉徳《ウゥトゥ》と会ってから大連へ帰ってきて、目をむいたのは新しいクラスのことだった。最初の授業の数回は無難だった。しかし、予習が手薄なところを突かれたということもあったり、……三日間三回連続で発音の厳しい指摘があり、情けなさとあほくささで賢一は〝もうやめようか〟と悩んだ。他の上手な人たちにも迷惑だろうと。ただ、あと二週間のこの時点でやめるとなると、ここでのうわさ好きな人たちのことからして、この四ヵ月の努力は無に帰することははっきりしていた。気力も限界だった。少しの時間で人は落ち込むことがある。順調な人にはわからないだろうが。そこで、賢一は思い直して、時給一五元＝二四〇円の家庭教師を一日に二時間雇い、テープを何度も聞き、予想される即興の回答を用意して授業に臨むことにした。明らかに効果は出た。ストレスで胃痛と風邪が襲ったが、うまく乗り越えられそうだった。いつものチャメッ気が中国語で出てくると救われる気がした。

過去を振り返ると、賢一に関心を持つ（時には好意を持ってくれる）さまざまな人たちが彗星のように彼に接近してきては離れていった。思えば、知恵は同じように接近してきて、離れないで、しかし距離は保って、ぐるぐる賢一の周りを回ってくれている二つとない得がたい人なんだろう。いや、逆に賢一が知恵の周りを回って、知恵こそ細い眼を細めて賢一の様子を見つめているのかもしれない。きっとそうだろうと彼は思った。

純には中国からの電話で「俵の家についてどうするつもりなのか、聞きたい」と問おった。彼は「正規の研究職（来年四月の可能性）につけば、結婚する。となると、子供をつくるべきなんだ」と彼は答えていた。自分が古い考え方にも影響されていることを賢一は意識した。先祖の供養と戦後の民法では気にすることもないが、習慣として残っている、家の跡継ぎを気にすることも今の日本人にはまだ慣わしのように伝わっている。それが親子や嫁姑の不必要な心の軋轢を生じることも常だ。お葬式の時や法事、結婚式の時にすら発生する衝突というより、身近な言葉で言えばそういう喧嘩は割り切れない現実と言ってよいだろう。

ロスから北京経由で大連へ戻る七月一五日、厄介な問題が起こった。北京から午前一〇時三五分に飛び立つ予定の飛行機が（大連の上空の天候の悪化のために）二時間半遅れて飛び立ったが、これまた雷雲に巻き込まれて北京へ引き返した。その後、なんと六時間飛行機の中でカンヅメになってしまった。

四時間経過した頃、ハンバーグ一個が配られ、それを皆が食べた後のことだ。賢一の後ろの女性が「不太好《ブタイハオ》‥なってない」と金切り声で叫んだことから全ては始まった。「友だちに電話したら、大連の天気は〝挺好《ティンハオ》（いい）〟じゃないか。飛行機は飛びたてるじゃないか」と叫んだ（つばも息も賢一の頭にかかった)。それを合図にしたように、誰も打ち合わせもしていないのにもかかわらず、次々と女性が立ち上がり、客席にいた副操縦士やスチュワーデス(客室乗務員)に厳しく迫った。やがて、何人かの男性も立ち上がり、天井や荷物棚の戸を少したたいたりして(あまり、ひどくすると機内から下ろされるのをよく知っていて)、異様な雰囲気になった。

メキシコ人が何か母国語で話し、ロシア人は黙ってみているので、ここで黙っていては恥と思い彼も "You should collect the new informations. Don't you have a responsibility for the guests ?" (新しい情報を集めるべきです。乗客への責任を果たすべきです)と大きな声で言った(英語は早口で乗りよく話すと伝わる感じだ)。両手を広げて、ゼスチャアたっぷりの大きな声で。ここは、完全に演劇部ののりだ。日本でもそうなのだが、彼は人が喧嘩をしている時にはどんどん前へ出てしまう癖もあって——そしていつも〝なんやお前は〟と言われる——。何語もくそもあるかということになった。誰かが拍手したので、また何かしゃべった。抗議していた女性の一人は悪阻《つわり》のようでゲロを吐いていたが、ゲロを片付けるとまた何か叫んだ。続いて登場した、理屈で攻める男性の激しい抗議に納得したのかどうかはわからないが、機長は姿を見せぬまま、ついに飛行機は騒ぎの皆を乗せたまま、動き出した。

その離陸直後、機内が冷房でなく暖房になっているのを指摘された客室乗務員があわてて通路を走ったために、足を滑らせてしまった。さっきは、たけり狂っていたような男性が彼女を抱えあげた。みんな見ていたが納得の様子で黙っていた。よく、日本人なら、怒りの態度を持続させてしまいがちだが、中国人はよくそれだけ変われるなと思うぐらいのすばやい転換だ。最後、大連の空港に着陸した時、「また北京へ着いたのと違うだろうな」との冗談が出て、機内は大笑いになった。飛行機から出て行くときには、乗務員の一人一人から〝真対不起《ジェンドイブーチ》〟（本当にごめんなさい）という挨拶があって、みなさわやかだった。中国人は、かなり喧嘩ぱやいが、あっさりした国民性が感じられた出来事だった。

　今回の中国語講座中級は以前と様子が違っている。初級の時は黒板に書かれたことと口で説明されることはほぼ同じだった（だからほとんど理解できた）が、ここでは、黒板に書かれること以外の説明や発問が繰り出され、必死だ。先生がゼスチャアたっぷりで、笑いころげそうなときがあるのが救いだった。最初は何とかくっついているが四週間耐えられるかというところだ。夏の講座には、中国語の発音がすばらしくて人柄も穏やかな人が集まっていた。なにも準備しないで授業に出席してきて、発音もきれいな人たちと肩を並べるには、そしてあつかましく質問や回答のやり取りを即興でやるには、賢一にとって本当に辛い毎日だった。あの福田寅子と井田夕も仲良く並んで座っていた。そして、賢一の四ヵ月間の授業は終わった。最終日はラッキーだった。十二干支の中国語を暗記していたところが当たったり、最後の歓送晩餐会では老師へのお礼のスピーチを用意していて、これも当たってバッチリ。少し上達の手ごたえを感じる楽しい時間だった。こうして全て終わると、何か寂しい気持ちになった。必死で毎日準備したので、同級生たちからは「四週間で明らかに伸びはった」「わざととぼけた作文や質問を出されて盛り上がった」「ともかく、努力家や」と言われた。

賢一は六月に現代の中国人に役立つ経済・経営知識を提供しようと、日本語の原稿のCDを中国語へ翻訳してもらうために、中国人の大学院生の黄偉《ホアンウェイ》に頼んでいた。しかし、真夏になっても一向に音沙汰がなかった。その大学院生を紹介してくれたのは大連師範大学で社会学を教える袁大平《イエンタアピン》教授で、彼は愛車の中国車に乗って賢一の寮へやってきた。袁教授はアルコール度の高い酒を昨夜飲んだのだろうか。赤ら顔の毛穴から白酒《パイチュウ》の臭いを漂わせながら言った。

「室町老師、黄偉は行方不明です。彼の父親が営口市《インコウシ》の公安のトップというのも嘘のようです」

「ええっ、すると私の原稿は持ち逃げされたということですか」賢一の顔色は変わった。騙されたと知った。

「申し訳ないです。まあ、こういうことはよくありますが」袁教授は意外と平静だった。

「困りましたね」どうしたものかと賢一の顔は曇った。袁教授は様子を察して言った。

「ご心配には及びませんよ。私が複製を取っておりますから」〝助かった〟しかし、無断で他人の原稿のコピーを受け取って平然としているのもおかしな話だった。

「わかりました。しかし、黄君はどうしてこんなことをしたのですかね」

「一ページあたり一〇元の翻訳の校閲料というのは中国の相場ですね。金のことではなく、邪魔くさくなったのでしょう」

「黄君は悪いと思っているでしょうか？」

「まあ、思っていないでしょう。実害がなかったのですから」

「こういうことは中国ではよくありますよ。経済の成長はすごいとは言いましても、中国人一五人分の所得と日本人一人の所得が等しい状態です。社会のルールや常識の状態はまだまだ未熟なのです。それと、中国人の素朴さもあります」袁教授は図太く言ってのけた。

「どうも、根本的に二つの国民は違いますね。」もう、こうなれば日中の異文化について話を深めておこうと賢一は思った。

「そうですよ。日本の方は島国の中で、デリケートな文化や個性を作られましたね。そして、鮨の握りのようにまとまる。中国人は一人一人が龍の子です。炒飯のように一粒一粒が個性ですよ」袁先生は食文化に国民性を込めて説明してきた。

「おもしろい対比ですね。では、そのお話を発展させましょう。では、韓国人の国民性はビビンバ（混ぜご飯）と言えましょう。中国と日本の米文化をミックスしていると言えますね」

「これはおもしろい」袁先生は研究者らしく手帳を取り出して何かをメモして肯いた。

「室町先生、今夜は夕食に招待しますよ」

「そういえば、中国では昔から夜の宴会は大切な打ち合わせの場でしたね」

「そうですよ。宴会に呼ばれなくなると、その人の価値は終わっていることになりますですよ」

「それと、中国人は知的所有権の認識がないですね。アイディアを簡単に失敬する」

「真似がうまいですね。日本人のオペラ歌手が〝中国の歌手は本当に真似がうまい〟と感心していましたよ」袁先生は愉快な話しで賢一の心を慰めてくれた。


次の日には殆どの人が日本へ帰国した。八〇人ほどの留学生寮は一〇人ほどに急減する。航空券を買える余裕のある人や家族が日本で温かく迎えてくれる人とそうでない人の差も現れているような気がする。何かものさみしい。これから三〇日間、彼は研究の準備、授業の準備、物書きと山ほどある仕事に向かって、やっと自分の時間を得ることになる。

「明日からは、すべての人間関係を断ち切って、自分の仕事に没頭するんや」と言うと、

「何でそんなことしはるの?」という人がいるので、「かなり深刻にならないといい仕事は出来んのじゃわ」と賢一は答えた。みんな、いまいち理解できない不思議な顔をしていた。

別の人は「人間関係を断ち切るやて、室町先生はまぁ三日ももたへんわ」(笑)と見透かしたように言うので、笑っておいた。

賢一が帰国する日、中国語の上達の早い棚田奈良子がメールをよこしてきた。

「室町さん、留学生活お疲れ様でした。昨日、室町さんの悪口を言う男の人に向かって福田さんが〝なに言うてるの彼は努力家や〟と言い返したはりました。何の話か私にはわからなかったけど……。室町さんは誰とでも打ち解けられて慕われました。私の家庭や就職の悩みも聞いていただいて助かりました……」と。

8 終章

アメリカのシカゴ大学のキャンパスは飾り気はないがグレードの高い、これぞアメリカン・クラシックという感じだ。賢一と同じ時期、ここに若手の哲学者が滞在していた。哲学の本格派の研究者というのは魅力がある。まして、その分野の深い話しを門外漢にもわかりやすく語れるのは理解が深い人だ。それは高橋直樹だった。いつか話したいと思っていたタイプの人だ。声をかけた賢一とはうまがあった。彼は賢一より二〇歳ほど若い。賢一は話しを切り出してみた。

「いつか、貴方のような哲学をやる人と話したかったんですよ。今日は〝優れた人物とは何なのか〟について意見を聞きたいと思ってね」

問われた高橋はキャンパスの喫茶から、あたりの学生の歩く姿には目を向けず、深い森に目をやりながら言った。そして、つぶやくように話し始めた。少し変わった仕草の人だった。

「人間社会っていうのはやはり順調な人生を歩んできた人が支配しますね。会社も政治も……。一般の人びとも優等生に近いような人に付いていく。安心できるからですよ。競争原理のなんのと言っても、結局企業は偏差値の高い大学の出身者を採用することに変わりはない。左翼の歴史も結局はそうでした。たまに、変わった人生体験を持つ人や特殊な能力を発揮する人が出てくると、もの珍しさもあって最初はちょっと注目するって程度じゃないかな。少し時間が経つと寄ってたかって軽視し無視していく。学校も大学もまずは正当な教程や伸び方ありきです。言わば当然のことです。特殊を集めても教程やお手本にはならないからです」

「高橋さん、残念ながら貴君の言うとおりです。たまに偏差値から遠い人間が出てきて活躍しても、最初は無視して、のちに少し評価するがすぐに忘れ去る。変異なものは自ずと無視され淘汰されていくわけだ。いうまでもなく、僕のような人間はそちらの方なので苦戦します」

「……」高橋は珈琲を少しすすって間を取った。樹木の一枚一枚の葉っぱの動きを見逃さないかのように目を凝らしている。

「しかし、室町さん。優等生のほとんどは歴史に名を残せない。そして、エリート層の中での葛藤は激しく、挫折感を味わうことも多いですね」

「歴史に名を残すと言うのは何だろう。その人が同じ時代や将来の人間に価値あるメッセージを残したということだろう。そこには、文系学問や芸術の思索の結晶もあるが、理系科学の作品ももちろんだ。その価値は何世代か後に評価される。その理系科学はますます文系を圧迫しつつあるが、時として人間の意味を忘れる。時々、物理学者や数学者たちは問題を提起はするが……」

賢一の話に高橋は静かに顔を向けて言った。

「特殊から普遍を取り出そうというのは、室町さんの経済学も理系科学も同様の分析方法……作法と言っても良いかな……をもっています。現実世界は特殊ばかりです。普遍化や法則化に無理が出てくると新たな特殊なものや偶然なものを加えて、また新しい法則や原理を作るということですよ。つまり、高度なモデルを作っていく」

「そこで、理系世界と経済学の根底で発進基地になっているのは言うまでもなく、物理法則だ。ところが、ある微分方程式のようなものが先にあって、社会は動いてはいない。それを想定しようという知の作法がどうしても次々に働く。しかし、実は特殊や偶然は人間が頭を使う宝庫なんですよ」

「室町さん、ワインを飲みませんか?」食べるものも注文していないのに、高橋さんがそういうから、おかしなことだと思いながら賢一は答えた。

「いいでしょう」白ワインをボトルで注文して二人で飲みはじめた。

「高橋さん、人類史の中で大学がもつ価値とは何だと思いますか?」

「目先の技術の開発ではありませんね。日本は目先主義ですが……。そして、哲学を柱とする文系学問でしょう。現状はそのようになっていませんが……」

きりっとした目で高橋は続けた。

「室町さんあなたの今までの歩みというのは平穏な人生を歩んできた人が多い研究者の中では珍しいですね。そこから見えてくる研究や教育、それに学者のする〝学内行政〟などの生態に対する視角には含蓄があるはずです。しかし、それを人に解る形で展開してもらわなければ埋もれます。結局、研究はひらめきですよ。」ひょっとして、お前にはひらめきはないさと言われている気もしたが、会話の空気は変えられないので、仕方なく答えることにした。

「かなり難しいですが、ただ自分の仕事は正当に評価されたいですね」

物腰も口ぶりもおだやかだが、占い師のような断定する説得力がある話だった。結局、よほどのことがなければ特殊に偏った賢一の経済学者としての貢献はないということでもある。


半年ぶりに戻ったキャンパスでは、何か不思議と同僚との違和感はさらに強くなっているように感じた。権力を振り回すことに反対した半年前のしっぺ返しが来るのだろうか。〝だから、帰ってこなくていいのに〟ということだろうか。半年間海外で勉強できた楽しい気分は暗転した。自分の存在意味の薄さが感じられる。大学という処は（研究者：早く言えば大学の先生を養成・輩出できる）大学院大学でなければ〝一人前の大学〟とは言えない。道頓大学の大学院は毎年定員に満たない状態、そして学部生よりもレベルの低い者を多くかかえているにもかかわらず、まるで研究者を養成する大学かのような実態と離れた人事やカリキュラムの基準を理由に人事をおし進める。大学院での会議の時だ。「定年の四年前以後は大学院のゼミ生を取ってはならない」と「外国人の受験生が一般試験を受験する場合も日本語一級の資格を必要とする」という新たな規定が提案された。毎年、外国人をゼミに迎えている賢一のゼミをなくそうという意図が明らかだ。賢一は手をあげた。いつも多数に迎合するある中年の男性教員が顔を前に乗り出して、賢一をにらみつけた。薄笑いを浮かべたそのおぞましい顔とその周辺の人たちの冷ややかな表情からは、既にこの提案の狙いがかなりの人たちの中で打ち合わされて出てきていることを感じさせた。そうであっても反論しておくべきことだと賢一は思った。「今回の提案は、ますます大学院の受験生を減らすことになりますが、このような処置の狙いは何なのですか。定員を満たすべきという文部科学省の指導をどうするつもりですか。」これに対して、学部長は嘲笑を浮かべながら、返答もせず採決に持ち込み決定した。その上、大学院の賢一のゼミ生一〇名の場所の移動（引越し）のおまけまで付いてきた。賢一に反対する教員たちは憎しみの目を向けた。〝目は口ほどにものを言い〟というが、子供の頃からそれまで何度もそういう目を感じてきた。大学の教員間にある特有の陰湿ないじめ、報復したりする典型的な方法だ。さらに逆らうと、当たりかまわず、誹謗中傷を流すことまで平気でする。逆に同情をかうそぶりでも見せると、家来でも扱うような横柄な態度で出てくる。これで、学生の人格の何を指導するのだろうかと言いたくなる。

その教授会が終わって、研究室で一人になると賢一の目から滾々と涙が溢れてきた。若い頃なら「それで私を追い詰めたつもりか。許さんぞ」と言い放つ元気もあったろうが、今はこちらが追い詰められてしまった。〝定年間際になって、……やはり学歴が勝負か〟〝自分は駄目な人生だったな〟と。どうしょうもない暗い気持ちが襲ってきた。同僚の教員に相談できる人はいる。しかし、誰かに話したことは必ず口伝に広がっていく。それを考えれば沈黙を通すことがベストだということになる。今までなら、三日間辛抱すれば、嫌なことも記憶から薄らいできた。だが、今回は違った。その日から、すべての元気が失せていった。頭の中は、本や私物の片付け、次に移る大学を探すこと、迫ってくる死後への準備となにか後ろ向きなことばかり考えるようになってしまった。教授会への出席も嫌になった。茶髪・ピアスの教員や不自然なアデランスを被った教員の姿も、会議中に携帯電話の着信音をさせる人がいるのも、葱と納豆の臭いをぷんぷんさせる者も、納得のいかない場面ばかりが頭をよぎるから。人間がやる気を失っていくのはこのようなことなのか、だから皆多数に迎合するのか。次の二週間後の教授会では来年度のゼミナール担当者の確認の議題が出てきた。万座の前で「室町さんは？」と問われた。一年や二年の定年延長のために（と言っても二、三年分の年収を棒に振ることになるのだが）、こんな理不尽な人たちにへつらうわけにはいかないので、賢一は腹をくくって発言した。「私は今年度で退職します」とぽつりと言った。それ以外に何を言っても（彼らにも自分にも）意味はないのだから。どよめきが起こった。あざけりの的になっていると感じた。賢一の心の中では、怒りや不安・焦りが錯綜した。もっと激しく、貞がしたように臆せずに小気味よく言うべきことを言って退職すべきだという口惜しさがあった。意地の悪い同僚は賢一が涙を見せるか、罵声でも上げるかを期待して一斉に視線を向けた。自然に振舞うのは何と難しいことなのだろう。困りはて強張った自分の顔がどうにかならないかと思ったが仕方なかった。席を立つのは最悪の印象を与えることだと思ったから、その日の会議の終了まで、ともかくも賢一は席から離れなかった。いじめとはいじめられた者が困った様子を見せれば見せるほどひどくやっつけられることは賢一もよく知っている。いじめられた者がいじける姿は他の者にはさらに変な奴としか見られないからだ。

もちろん、これは一年前に、学部を牛耳る者たちの勝手な人事を二つ葬り去ったことへのしっぺ返しだということは明らかだった。あの時は賢一の発言に三分の一の同僚は同調してくれたが今は違っている。人事権と予算権をもった大学の教員の世界では必ずこの人と金のことでもめる。やり方は陰湿だ。意地が悪い。その中でうまく威厳を保てる人は強い。今回の場合は学部改革の名の下に、年長者は出て行けというような暗黙の合意もあるように思えた。しかし、それを確かめようとすると、またうわさが飛ぶ。年がいって平穏な人はいい。そういう人ばかりが大学に残る。若い頃に比べて精神的打撃を受けることはつらい。高齢になっても、遠慮会釈なくいじめは繰り出される。定年延長を前に、やたらぺこぺこと愛想よくする教員がいる。昇格を前にした若い教員もそうだ。自己保身で支え合っているのが今日の大学だ。こんなことでは、大学改革の形式は整えることができても、性根の入った改革はできないではないか。キャンパスの中は独特の教授言葉と近寄りがたい物腰の中で〝いじめ〟が横行している。弱い者の立場はない。

この出来事に、知恵は「どうして自分から辞めると言ったの？」「もっと、自分に有利に動くべきだったわ。人生の最後でまた失敗よ」「私たちの老後のことは頭になかったの？」「結婚した最初から間違っていた」と吐き捨てるように言った。それはそうだろう。次に移る職場も決めてもいないのに、退職を公言してしまったのだから……。知恵は親の看病の疲れもあったのだろうが、夫婦の喧嘩が続いた。

「何を悩んでいるの」「何がさみしいの」「あなたこの頃呆けた顔になっている」知恵にとっては悪意はないのかもしれない、これらの言葉に耐えることは、賢一は苦しくて仕方がなかった。元々は豊かだったのかも知れないが、他人の顔色を気にして生きて来ざるを得なかった賢一と教養もデリカシーも関係のない家庭で育った知恵では今まで衝突がなかったのが不思議とも言えた。

「もう、どうしようもない夫婦なんや」「私は一生懸命やっているのに、何が不満なの」「あなたは富士松代さんと一緒になったらよかったのよ」

「あれはならぬ仲だったんだよ」

「僕はもう疲れた。死にたい」

「そんなに死にたきゃ、死んだら」と、知恵は真夜中に大声で喚《わめ》きながら自分のスリッパを投げつけてきた。

「その通りだ。僕は鬼子だったんだ。ひがみきった人間なんだ。父は赤ん坊の僕の顎を絞めるのではなく首を絞めて殺してしまえばよかったんだ。僕は死ぬことなんて何も怖くないよ。」家の中の様子は近所にも聞こえた。賢一にとって、手を出したくなるのを抑え、怒鳴り返したくなるのを抑えるのがもうやっとのことだった。知恵から出来るだけ離れたところで頭を抑えて両手で掻きむしることで、ともかくは凌いだ。もう甘えられるような人は全くいなかった。自分が元々舐められやすい性格のためにこうなっているのだと今更ながらに自覚できた。近所の夫婦はいつもはそうでもないのに、いかにも楽しそうな夫婦の会話をした。訳もなく悔しかった。賢一の方が知恵にペコリと頭を下げれば、関係は良くなったのかもしれないが、その元気もなかった。結婚以来同じ部屋で二人の布団を並べてきたが、その日から、知恵は別の部屋で寝るようになった。腹を決めれば女性は強い。知恵は「親の介護のこともあるので、実家で暮らす」と言い出した。別居ということになってしまった。〝別居などしないでおこう〟という声を出す気力も失せていた。富士松代とは独身時代の無理な別れだったが、結婚していると簡単には別れにくい。離婚などは考えもしなかったが、大変なエネルギーを使うことなんだろうと思った。夫婦とは不思議なものだ。やがて、時間が仲直りをさせてくれることになってくれるのだろうか。

（子供たちはみんな外国で仕事をしているので）一人で暮らす日が始まった。妻や子供たちのためにこそ、こまめに片付けたりしていたが、やがて〝男やもめに蛆《うじ》がわく〟ような生活になっていった。そして賢一の鬱病は堰を切ったように四五年ぶりに再発した。ともかく職場へたどりついて、最低限の仕事をすることだけだった。職場とは不思議なところだ。いがみ合いながらもその職場のために仕事をしなければならない。賢一は塞ぎこんでいった。書斎の机の前に座り、両手で頭を抱えて心の中の迷路をさまよっていた。生気を失っている自分の顔になれてきた。食欲はなくなり、誰もいないところで涙がわく日ばかりだった。夢の中でも敵対しいじめた奴らの顔や場面がくっきりと甦り、寝つけなかった。あの京都の花園の室町の借家で司津や文、晴次、三義と暮らしたことが思い出された。貧しく悲しい五人が肩を寄せ合って生きたあの時代。あの四人とあの世で暮らしたい。死に憧れる気持ちが突き上げてきた。今度は自分が世話をしてあげるのだと……。自分を慰めるためにこんなおかしなことを考えているのはわかっていながら、そう考える時間だけが幸せだった。ある日には、死ぬことがまた恐怖でも何でもないような自暴自棄の気持ちが自分を支えることもあり、無性に笑っている自分がいた。危ないことは解ってはいた。世間は平成不況も脱出して、クリスマスや正月の準備で賑わう季節に入っていた。慣れているようでも孤独はつらい。知恵は三ヵ月も実家から帰ってこなかった。

通勤の朝、賢一はJR吹田駅で降りてふらふらとホームに入ってくる普通電車にぶつかった。「危ない」という人の声が小さく聞こえたが、記憶は途絶えた。三メートルほど身体が横に飛んでベンチに当たったらしい。病院へ運ばれた賢一の意識は二時間で戻った。骨折特有の疼くような痛みが感じられた。昔、骨折した同じ右足は今度は太ももの骨にひびが入っていた。二〇歳の頃の骨折の方がひどかった。やがて、賢一からの知らせを聞いて知恵が駆けつけてきた。「惨めな姿や」と何度も繰り返し言って、泣き崩れていた。その横で、警察官の事情聴取が始まった。「自殺しようとしたんですか」という問いに、賢一は「わかりません」と何度も答えたが、相手は首をひねって納得のいかない様子だった。警察の調べが終わると、久しぶりのこんな出会いのことには賢一も知恵も触れなかった。気恥ずかしさは二人とも同じだった。知恵は泣き腫らした顔で尋ねた。

「もし、あなたがしてほしいことがあるなら早く言っておいて」と。今のけがのことよりも、賢一の死に関心が強いようだった。〝この夫はあまり長生きしそうもないな〟と思って言っているのだろうかと賢一は感じた。

「僕の葬式で出棺の時に是非してほしいことがある」

「何よ」別居していた気分を急に変えてしまうのは不自然と思ったからか、知恵は少し距離を置いた口調で答えた。

「末っ子の真にトランペットを吹いてほしいんだ。トランペットが曲名になった曲なら何でもいいよ」

「わかったわ。お安い御用よ」〝本当にそうしてくれたら、もう何も思い残すことはない〟と賢一の心は安らいだ。しかし、鬱病で暗くなっている顔に加えて松葉杖で歩くという不様な姿は余計に賢一を引きこもらせた。大学は学年末試験と入試の時期で、授業はなかったのが幸いだった。

梅が咲く季節になって杖をついて歩けるようになったある日、知恵は生まれて二ヵ月の柴犬の子犬を連れて帰ってきた。彼女の友人の家で生まれた七匹のうちの一匹だった。身体は薄茶色なのに顔だけが真っ黒の犬で、家の小さい庭を不思議そうに探索しはじめた。「犬は裏切らないから、いいわよ」本当にこれほど癒されることはなかった。「子犬のポン太と河川敷へ散歩に行きましょう」と知恵は穏やかな目を向けて誘ってくれた。知恵は結婚前と同じで、手を繋いで歩いてはくれなかった。だが、ほんの豆球のような光だが、彼女は賢一の心を開いてくれた。思わぬことで、気分は良い方向へ向かうということか。誰もいない河川敷で知恵は二人が知り合った頃のことを話した。ポン太は二人の周りを大喜びで走り回った。残りの兄弟たち六匹は引き取り手がなくて、保健所で処分されたという。

思わぬことも出てきた。賢一は所属する「経済経営教育学会」で会長に選出された。会議に欠席したが、誰かが推挙し対立候補もなく決まった。続いて、国際教育学会から、学会長としての報告要請が電子メールで届いた。四〇ヵ国二五〇〇人が参加する学会だった。誰かが影で導いていてくれるのかと思いたくなるようなことで、賢一には青天の霹靂とはいえ、うれしい連絡だった。この時から賢一の病気は回復に向かった。この時ばかりは〝現金な自分〟が嬉しかった。

だが、この学会は不思議なことに近代経済学の主流派とマルクス学派の人たちが共に入会している学会だった。平成二〇年一〇月に急変した世界金融恐慌をどう教えるかの議論のまとめ役を賢一に求めてきたのだ。派遣労働者の契約を継続しないのはおかしいという批判に対して、そうしなければ大企業といえども経営が成り立たないという意見が衝突していた。賢一は双方ともに言いたいだけ意見を言ってもらうことで学会の運営をするのが良いと思った。経済という言葉で集まっていても、結局は同床異夢だった。直接自分の生活には響くことが少ない学者の世界のことだから、緊迫感は現場の経営者や労働者ほどではない。

知恵の父の金剛は病弱の妻を抱えて毎日生活するだけでも大変だった。五五歳で退職し畑仕事をする彼の趣味はパチンコだった。以前は賢一とパチンコをやめろやめないで口喧嘩をしたが、賢一は小遣いを渡して「パチンコで遊んできて」と言った。賢一も気が弱くなったのだろうか。金剛は腹の底から笑顔を見せた。

「私は田舎もんやから、気が利かなくてごめん。元気な時、いっぱい優しくしてくれたのに、貴方の心の病気が進んでいるのに助けられなかったのは申し訳ないわ。あなたの病気は躁鬱病と思う。きちんと専門の医師の診断を受けるべきよ。昔、何もかもいっぱい、二人で話したわね。早く元気な夫婦に戻りたいわ」と話す中で、気丈な知恵の目から涙が溢れている。滅多に見せないその泣き顔を見つめていて、賢一は元の自分を取り戻せるかもしれないと思えた。「私の高校時代の同級生に鬱病の専門家がいるわ。恥ずかしがらずに診察を受けましょうよ」

診察の結果は良かった。「躁鬱はずっと続いていたと思いますよ。医者の診断を受けずにやってこられた訳ですよ。あなたの場合は躁になる時があるから、助かっているのですよ。ともかく、薬で制御できるなら、やっていけているのですよ」医師は平静な様子で説明した。

「この薬を飲んでください。これはバロキセチンという、体の中の欝病に関する部分にだけ作用する薬です」

「これを飲むと私はどうなりますか」

「意欲を高めるのですよ。心配しないでください。少なくとも現状は維持できると診断していますから」

「もし助からなければどうなるのですか?」少し安心して賢一は尋ねた。

「言いにくいですが、廃人ですよ」恐ろしい一言だったが、何とか正常に生きたいと賢一は思った。身も心も健常であるとは有り難いことなのだということがよくわかった。医師はさらに睡眠誘発剤のマイスリーという薬と睡眠薬のドラールという薬をくれた。やっと、寝不足が治っていった。

インターネットで〝ろばのパン屋〟を検索してみると、テーマソングも入ったページや写真の付いたものなど凡そ八〇〇〇件のページが紹介されている。どんなサイトがあるのかなと賢一の期待は高まった。いずれも罪のないホームページばかり。あるページから聞こえてくる曲からは室町賢一にとって五〇年前の忘れえない想い出がよみがえってきた。小学五年生の終わりに京都市を突然離れざるをえなかった日のことだ。なつかしい。あれ以来、京都の小学校時代の友だちとは誰一人とも再会したことはなかった。室町の借家で賢一を育ててくれた人たちはあの日はどんなにか無念だったろう。今からでも何かしてあげたいと賢一は思った。

あのろばのパン屋の時から五〇年。日本のGDPも五〇〇兆円を超え約一〇〇〇倍に膨れ上がった。日本人が世界で注目されるのも日本の勤労者の勤勉さと繊細さからくる新技術の開発力がしらしめたものだ。これからも、景気はランダムな上下変動を繰り返しながら、さまざまな格差を広げていくだろう。地球環境も次第に危うくなる。誰もがわけありで生きているが、その人間関係はギクシャクし、孤立化は深刻化する。地球規模のマネーゲームは汗水たらして働くことをさらに軽蔑していくだろう。情報化でプライバシーは侵され、犯罪も巧妙化が進む。国と国の駆け引きはさらに知能戦の様相を示し、〝貧者の核兵器である〟ネット攻撃は多くなるだろう。すべては人間の富を求める際限のない行動が作り出してきたものだ。逆に、昔がすべて良かったわけでもない。貧しかったし、封建的な人間関係の難しさもあったから。

同じ時代の影響を受けながら、人は自分の生き方を決め落ち着こうとする。いろいろな人がいる。傷つけ合いながら、ほとんどは自分を肯定する。そして、うまく生きられる人と下手な人がいる。老化のサインはいろいろ出てくる。いらいらしたり寂しくてたまらないことがある。思えば厄介な世の中になった。エゴイストは増え、エゴを個性や賢さと勘違いする者すらいる。年寄りも昔の年寄りほどの気骨はなくなっている。

若い人たちも〝家〟や〝跡継ぎ〟という観念は希薄になり、仕事に追われ、〝親〟の〝孝行〟のということも理解しないようになっている。戦後に生まれ、目まぐるしく変化する時代（これを進歩した時代だったと言い切ることでいいのだろうか）に貧しさ、悔しさを越えて生きてきた賢一の世代はみんな過去をどのように考えているのだろうか。戦争中の人たちよりは良かったのだろうが。

子供たちも自立して、落ち着いた頃の結婚記念日に、知恵は引きこもりがちの賢一を連れて、京都の四条河原町を少し上がったところにある〝南山〟というレストランへ向かった。「たまには美味しいものを食べよう」ということで、ステーキをほおばることにした。濃い紫色のツーピース姿の知恵は上手にナイフとフォークを動かしながら、思い出すように話し始めた。

「不思議なもんやね。純は伝三おじいさんの希望どおり研究の道へ進んだし、良はあんたに似てひょうきんな数学屋やし、真は化学専攻なのに大工仕事が趣味やなんて……みんな何かを受け継いだわけね。」濃い刻みの入ったグラスでビールを飲みながら、知恵は続けた。本当に酔っているのか、酔った気分になろうとして話しているのかわからない。賢一は自分を気遣ってくれる知恵の心はわかった。女性教師だったところから来る、断定的な言い方も気にならなかった。

「他の人にはわからないことはね、賢一さん、あなたは苦しかった生い立ちから学んで、私と一緒に子育てに凄い力を尽くしたことやわ。私も力を合わせた。これははっきり結果で示すことが出来たね。」知恵は教師を一〇年で断念した思いを子育てに向けてきた。

「このことではよく他人から嫌味を言われたよ。〝ご両親と純さんは似ても似つきませんな〟〝君の学歴はダメだということは、奥さんの頭がいいということなんだろう〟〝子供さんたちはあなたの言うことなど聞かなくていい〟とか、〝賢い子供さんたちに馬鹿にされませんか〟などと、黙っていれば失敬無礼なことをよく言われたよ。その人たちは賢い親にしか賢い子は生まれないという優生学が根底にあるのだよ。そういう発想をするのは特に、高学歴者、分野では意外と左翼ぶった教育学や法学の人に多いね。彼らは表の顔と心の中の自己矛盾を意識していない」

「本当の子育てが出来なかった人がほとんどなのよ」知恵は肯きながら言った。

「環境が人を育てるだの、変えるだのと言っている人に限って、先天的に人は作られるという考え方をもっているね」

「子供たちはどう思っているかしら」

「それぞれしっかりやってくれればいいよ。はっきり、感謝や親孝行の言葉を言ってはほしいが、期待しないでおこう」

「そうよね。人が残すことははっきりした意味はないけれども価値があることがあるものね」

「そうだな。知恵もしっかりしてるんだね」

「認めてくれるのね」

「当たり前だよ」硬い妻だが五歳年下のかわいさがある。

「賢一君はね、心のどこかで自分の頭脳の力を低く見たり、単純さがありはしないかと心配があるようだけど、真実というものは外見だけの複雑さではなくて単純な美しいものだと思うわ」

「昔、アルベール・カミュの『異邦人』に魅かれたことがあるんだけど、それは君の言う自分のコンプレックスの裏返しだったと思う。彼の文学は見事な表現力で独自さを発揮した、魅力的な作品だったよ」

「そうそう、カミュその人がアルジェリア生まれで、無名に近かったけれど、才能もセンスもすべてをこの短編一冊に込めて世界の文学史に名を残した人よ」何時になく知恵の言葉は弾んでいた。

知恵の洞察は飽きさせないものだった。沈黙になりそうになると、知恵は饒舌に続けた。

「あなたの強みはね、数学を使った近代経済学の批判派ということと話がうまいことね。これで、学歴ですぐれた相手と互角以上の戦さが出来たことやと思う。それと、人生すべてで嫌になるようなことが次々と出てきたのに、よくぞ壊れなかったことや。気の弱さを抱えながら突き進んだことや。〝押しくら饅頭押されて泣くな〟というのがあるけど、どうやら押されながら、泣きながらも、走ったのよねぇ。負けたともいえない。弱そうで強い。強そうで弱そうで強そうで弱そうで……」

「どっちや」涙をこぼしながら賢一は笑って言った。やっと、気が晴れそうに感じられた。

「わからんもん」

「なんやて」京の地で、大阪弁丸出しの会話だ。

「でもこうして、いろいろな目に会ってやってきたけれど、こんな風に生きてきて何になるのかなぁ」

「あなたらしくないわね。その言い方。暗くなっちゃだめよ。いろんなことを乗り越えてやってきたことが、その経験するところがいいんじゃないの、違うの？」

「いろんな目に会って、人間は出来ていくということか。人生論の究極だな。でも、しんどいな」

「そうよ。ほとんどの人は大政治家や大金持ちなどが最高の結果を残した人と思っているけど、人間的に自立しているとはいえない人―特に男―も多いわ。大切なことは自分のしていることが人のためにもなっているという喜びを本当に見出せることよ。そのことに気づいた時、人は光る……って。偉そうなこと言えるような私じゃないけどね」知恵はどこで、こういう悟りのようなものを得たのだろう。読書からか、人との対話からか、家庭の中からか……。反面、人を大学や偏差値の高さで評価しているようなところはぬぐえない。といったところで、完全無欠を追求しても夫婦という関係は意味がない、どころか無駄な確執を生じるだけになる。いつも、心を少し抑えないと続かない。昔の日本の男性の多くは女性に言いたい放題を言ってきたが、それも幸せかどうか解らない。人生とは難しいものだ。

賢一はあのシカゴでの哲学の高橋直樹氏との話を知恵にした。

「その人、これぞ気鋭の大学教授というタイプよね」〝賢一さんとは違ってね〟と言わんばかりの無神経さで話した。

「実は、高橋さんには言えなかったが、僕が心を揺すられるのは歌謡曲の歌手がもてるすべてをかけて歌っている姿や叙情歌やね。歌手は男も女もすべての毛穴からたぎる生気を噴き出し、表情も身振りも豊かだ。それに叙情歌は心を鎮めてくれる……いいもんだ。悩みも迷いも吹っ飛び、すごいエネルギーがもらえるんや。もちろん、自分の仕事に直結するようなエネルギーではない。腹の底から、生き生きするっていうのはいいなと思う。だが、こういう僕の腹のうちは大学教授相手には明かせないからね」

「そういうところがあんたの個性や。現代の室町公は庶民的やわ」知恵はさわやかに笑って続けた。

「僕は将棋も囲碁も麻雀もパチンコもギャンブルも不倫もゴルフも釣りもしなかった。面白くない人間だよ」

「でも、話が面白い。いつも特等席で聞けて得したわ」

「お父さん、経済は不安定を繰り返しながらも安定に帰結するって言ってたやん。同じように一見矛盾した言い方をしたら、あんたは苦しんだことが長所でもあり同時に短所でもあったんや。あなたの中に対立するものが混在しているのよ。そして、気位が低いことが効いたのかもしれない。今日は私、大ブレイクする」

テンションの高い知恵との会話を冷やそうと、賢一は少しはずれた話を投げてみた。

「逆に、対立をはっきりさせる言い方なら、中国人の発想はいつも対になっている。是不是《シー・プシー》（好きかそうでないのか）、対不対《トイプトイ》（イエスかノーか）、有没有《ヨウメイヨウ》（有るか無いか）、喜歓不喜歓《シーファンプシーファン》（好きか嫌いか）のような言葉がよく使われる。日本人は〝ふつう〟という答えをよくするけどね」

「うふふ。中国語がよく出来るのね」

「本場仕込みだからね」

「それで、世話した中国人は何人なん」

「三〇〇人は下らないね」

「すごい。騙されることもあったのに、よくお世話したわね」

「政府は二〇二〇年までに〝留学生三〇万人計画〟の目標達成なんて言ってるけど、留学生に対して親身になれない日本の大学教員に心の通った教育が出来るかね」

「でも、ようやったね。しかし、あなたの前に立ちはだかったり、脚を引っ張った邪魔者のほとんどは男たちよね」

「同年代か二・三歳上の男やね。誰でもそうだろ」

「しかし、生まれてから今まで支えたり、救ってきたのはいつも女やね」

「そう言えるのかなあ」また、富士松代のことを言っていると感じて賢一はとぼけた。

「けど、あなた春は元気ないわね」

「失敗も挫折も激変も、全部春ばかりだったからね。木の芽立ちの時期で、心が落ち着かないな」

「もちろん、舞台がどんなに変わっても私はあんたとの人生劇の主役や。なあっ」

「そう。もっと言えば、人間ていうのは苦労してこそ人間になるんだろうね。苦労に耐えられないでつぶれる人も、身近な人に当たったり、人を殺める人もいるがね。でも、自殺や大怪我を繰り返して傷だらけになって、やっと人間って何かが見えてきた気がするよ」

「自分の仕事ややりたいことに信念を貫いた軌跡がはっきりしたことが成功なのよ。私の夫は何とかやったと思う」

話しを急に変えるのは知恵のくせだ。飛躍した話しのように見えて、彼女の心の中では奥で繋がっているのだろう。

「ロス、シカゴ、大連、ソウルと、どんな人たちに声をかけたり食事したりしたん？」

「やっぱり静かな人や一人ぼっちの人や。どうも賑やかすぎる人、格好よすぎる人や乱暴な人は苦手や。俵の家は争いが絶えなかったことが尾を引いているのかもしれない。しかし、孤立する人との話しは本当は時間をかけて話さないと大して進まないし、進まないと苦しい沈黙になりがちや。そういう人の場合はこちらも静かに対応していくだけで相手も安堵する様子がうかがえるし……、それでいいと思う」

「賢一さん、意外と硬いところがあなたを根本的に支えたんだと思う。落伍しなかった。それは子供の頃の……特にお婆さん、文さんの影響じゃないかしら」

「なるほど、そうか」〝生きてこれた原点は子供の頃にあったのか〟賢一は納得して知恵の顔を見た。

「私のことはどうなの」

「知恵は孤立はしていない。しかし、もっとたくさん友だちがいてもいい。静かな感じで……まっ、錨のように沈着だわな」

「私たち、どちらがお守り役だったのかしら」何気ない言葉の中に、夫婦の根本にふれる問いを含んでくる。

「……、あと一〇年後に答えるよ。いい」これから一〇年も生きれるかどうかは全く自信がなかったから、賢一の表情は曇った。

「いいわ」知恵は答えにくい問いだったことに気づいたのだろう。

「年がいって、どちらかが残ったらどうしょう」

「子供らが活躍しすぎると、私たちの老後は心配ね。それより、私、中国にも韓国にもアメリカにもヨーロッパにも一緒に行きたい」

「僕と一緒に?」

「もちろん、そうよ」

肉を頬張りながら話す、知恵はちょっとふざけているが、ご機嫌がいいなと思った。美味しい時にする知恵のうなずきながらの口の動きを見て、賢一は二人の心が少しは重なっているのを感じた。

「そうや、私ら戦友や。わたし的にはそう思う。こうして、二人で沢山話が出来たことが幸せやわ」

無理して言っている感じもある。しかし、まっすぐに生きてこれた知恵には理解できないこともある。裏切られたり、ひどい目にあった人間には〝正常〟ではない態度が出てしまう。皆に変に思われることがよくある。そして、自分がされたことを他人にしてしまうことも多い。親切にされても簡単には相手を信用できない。賢一はどうしても訳ありの人、寂しい人、弱い人、自信のない人が気になる。その人たちのために、少しでも心が落ち着くことをしたいと思ってきた。だから、授業も熱心にやってきた。そして、空回りになったり裏切られることもあった。

その後、四条通へもどって祇園さんの三〇〇メートル西の縄手通にある〝グリース〟という大人のジャズのライブハウスへ向かった。昔、俵の先祖の大きな屋敷のあった近くだ。歩きながら二人で話した。

「グレンミラー・オーケストラを知ってるね。どんなジャズが好き?」

「〝ムーンライト・セレナーデ〟よ。あの躍動感はすばらしいわ。それと〝イン・ザ・ムード〟〝マック・ザ・ナイフ〟なんかね。ちょっと、いたずらっぽいリズムだけど」

「映画音楽で昔のは」

「〝007のテーマ〟や〝ピンク・パンサー〟ね。でもオーケストラをバックに歌うにはすごい声量がいるやん。それが迫力やん」

「そうさ。演奏もボーカルもすばらしい芸術だ。何か考えながら聞いている間に、目の奥が熱くなる興奮がたまらないよ」

「じゃ、好きでない音楽は何なの」

「フラメンコだな。あの賑やかさはどうしても溶け込めないし……」

「今の若者はロックでしょう」

「がなりたてるね。彼らは激しいリズムでこそ心が踊るのだろうね。でも、僕らにはジャズの方がいいね」つまらないことでもいいから知恵には同意して欲しかった。

すがりつきたい賢一の気持ちがわかったのか知恵は「私もそうよ」と応じた。

〝カモン・カモン・トゥ・ザ・ロコモーション・ウィズミー〟のおなじみの曲が流れはじめた。リージェント・スタイルの歌手が前にのしかかるようにしたり、ふんぞり返るような姿勢で歌う。すると知恵はスッーと立ち上がって手まねきで賢一を踊りに誘った。まさか。あの鉱物のように硬い妻が積極的に踊りだすとは思いもよらないことだった。なるほど、知恵は社交ダンスは絶対に嫌うが、スポーティーなダンスは好きなのだ。〝長く一緒に暮らしていても、人というのは簡単に解るものじゃないな〟、知恵のリズミカルな動きにあわせて賢一も立ち上がって踊ってみた。「お父さん、いけるやんか」〝踊りならおまかせ〟という気持ちで衰えた身体を踊らせた。身体の動きはいまひとつだったが、顔は笑っていた。体の中のすべての毛穴から宿っていた嫌なものが吹き出していくようだった。久しぶりに楽しく夜は更けていった。

賢一は知恵からずいぶん人物批評を受けてきた。〝ご意見番〟のように。心にグサッとくる指摘もあったが、助かることも多かった。

思えば、いろんな人と出会えて楽しいことも多かった。馬鹿笑いしたこともあった。どうしてもメランコリックになりたい時があった。伸びよう、進もうとすると、何度も何度もさまざまな人たちから頭を抑えられ、盾の列が行く手を阻んできた。怒りをぶちまけたい時もあった。喚きたい時もあった。怖いこともあった。恥ずかしいこともあった。たまに、誉められると嬉しかった。潰れなかったのは次々と気分転換ができるような計画を立てることができたことだろう。だが、とにかくまだやっていける。自分は年がいっても、生きがいは見つけられると思った。つまらないことに夢中になれるからだ。つまらないことを捨てて、合理性を追求した生き方ではなかったからだ。

知恵との暮らしはいつの日かどちらかが生き残り、身体が駄目になるか精神的に自分を失うことになるのかもしれない。老後をどこかの施設で過ごすことになるかもしれない。孤独死の恐れもある。子供たちやその孫たちと、さらにはひ孫たちと大家族で暮らしたいのは山々だが当てにはできない。もちろん未婚の人たちや子供のいない人たちに比べれば幸せなのだろう。そんなことばかり考えていてはやっていけない。世の老人たちはみんな同じ心配を抱えながら生きているのだから。夫婦喧嘩もあったがやはり知恵のことが気にかかる。

今までは、いろいろな人の死のショックがいつも賢一の心に深く入り込んだ。いつまでも悩み、いつまでもこたえた。それが思索したり、ものを考えるきっかけでもあった。だが、やがては自分たちも忘れえない司津や伝三、貞のように、あの同級生や友人たち・教え子のように必ず死を迎える。人間も生き物だから避けられない。〝あの世などはない〟と貞は断言した。きっとそうだろう。その時、伝三の心の内を理解できる自分なら良いのだが、それに、あの世のキャンパスでこの世やあの世を語る授業があったらどうだろう。やってみたいな。生前に残酷なことをした人間たち、ひどい目にあった人間たち、自殺してしまった人たち、アメリカ人に中国人、彼らに対して語れることは何なのだろうか。そこでは、理屈っぽい話はどうするべきだろうか。自分はどんな風に授業やゼミを進めていくのだろうか。本性が問われる場だ。考えれば、こんなことは他人にとって滑稽だろうが、想いはふくらむ。

何もかもスタートが遅い上に、柵や確執、葛藤のために屈折だらけの若い時代があった。それが賢一という人間を作った。中年以後も挫折やいじめを受けて傷ついた。どうしても過去に影響され、拭いきれない歩みだった。ところが、足許を見れば、しておくべき事は山ほどある。第二の人生や老後を心配するよりも、もう一度立ち上がって、六〇代をくじけずに生き抜きたい。人生、最後まで楽はできないようだ。急ぐべきだ。経済データのグラフのように、横軸に時間を取った場合、人生の時間は無限とはいかない。有限の世界なのだから……。

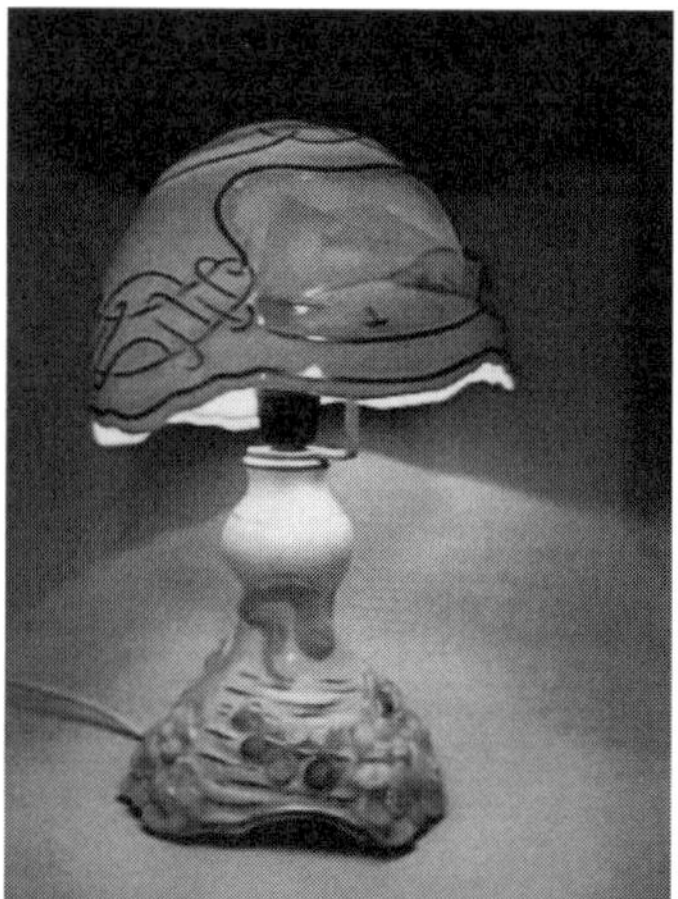

キャンパスの追憶

二〇一〇年四月一日　第一刷

（定価はカバーに表示してあります）

著　者　風　早　悟

発行者　田　中　千　津　子

発行所　株式会社　学　文　社

東京都目黒区下目黒三―六―一
電話（〇三）三七一五―一五〇一

印刷所　シ　ナ　ノ
製本所　島　崎　製　本

Printed in Japan
ISBN 978-4-7620-2068-1